果然我的青春戀愛喜劇搞錯了。 7.5

My youth rom…
wrong as I exp…

渡航【Wata…

繪者／ponkan⑧

日本小學館正式授權繁體中文版

果然我的青春戀愛喜劇搞錯了

My youth romantic comedy is wrong as I expected.

登場人物【character】

比企谷八幡………本書主角。高中二年級，個性相當彆扭。

雪之下雪乃………侍奉社社長，完美主義者。

由比濱結衣………八幡的同班同學，總是看人臉色過日子。

材木座義輝………御宅族，夢想成為輕小說作家。

戶塚彩加…………隸屬網球社，非常可愛的男孩子。

川崎沙希…………八幡的同班同學，有點像不良少女。

葉山隼人…………八幡的同班同學，非常受歡迎，隸屬足球社。

戶部翔……………八幡的同班同學，負責讓葉山團體不會無聊。

三浦優美子………八幡的同班同學，地位居於女生中的頂點。

海老名姬菜………八幡的同班同學，隸屬三浦集團。是個腐女。

平塚靜……………國文老師，亦身為導師。

雪之下陽乃………雪乃的姐姐，大學生。

比企谷小町………八幡的妹妹，國中三年級。

YUI ☆

9月 September

10月 October

11月 November

10 運動會!!!!!!!

12 畢業旅行！京都！（15號回來）↓

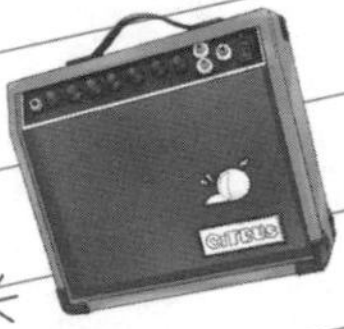

14 校慶 ↓

15

21 記得回信！↓

27 在小雪乃家過夜

S.S. 1 果然比企谷八幡媽媽的味道搞錯了 006

S.S. 2 不用說也知道，比企谷八幡的溫柔相當扭曲 072

S.S. 3 出乎意料，比企谷八幡的念書方式沒有搞錯 128

S.S. 4 即使如此，比企谷八幡的正面思考仍舊扭曲 232

S.A. A 吾輩也只能祈求那些男男女女未來走得幸福美滿 012

Yui's Diary

sable

6月 June

18 生日

B.T. 比企谷小町的計謀 078

7月 July

3 期末考試開始！

S.A.B 他們尚未找到自己的歸處 134

13 柔道比賽＼(^ー^)/

14 姬菜生日

20 放暑假！！！！！！！！！！！

8月 August

1 侍奉社露營（3號回來）

8 彥朗男生日

11 家族旅行（13號回來）

17 煙火晚會！

Love Sable

2F

S.S. 1

Short Story ①
果然比企谷八幡媽媽的味道搞錯了

天涼好個秋，正是讀書好時節——如果是平常，此刻我一定專心埋首於書中，然而今天的情況不允許，我們正在跟平塚老師塞過來的筆記型電腦大眼瞪小眼。

「千葉通煩惱諮詢信箱……」

我模仿節目的開場，有氣無力地喊口號，隨後由比濱「啪啪啪」地拍手。

正在閱讀文庫本的雪之下停下翻頁的手，用疑惑的眼神看過來。

「……這些信究竟是從哪裡寄來？」

「誰知道。平塚老師大概又在搞什麼……」

最近平塚老師突然增加侍奉社的活動內容，亦即出現在我們眼前的「煩惱諮詢信箱」。寫信到這個信箱的，似乎都是有所煩惱的校內學生。

由比濱念出其中一封信。

「我看看，今天的第一封信……是來自千葉市內，筆名『劍豪將軍』的朋友。」

留這種筆名有什麼意義？何止是本名，我連對方的長相跟體型都能清楚想見。

〈筆名「劍豪將軍」的煩惱〉

『中二病也想談戀愛！』

〈侍奉社的答覆〉

『中二病當然也能談戀愛。請鼓起勇氣，試著對心儀的女生告白。對方一定會這麼告訴你——「對不起」。』

「……註定要被拒絕啊？」

由比濱慢了一拍才會意。不過，即使是單戀或失戀，仍是一段很美好的戀愛。

總之，我們收到的信清一色是這種調調，根本沒有比較正經的煩惱諮詢，真是教人頭痛。此外，雖然先前說是「千葉涌」，代表範圍遍及整個千葉縣，但實際上會寄信來的，都是住在千葉市內的人。

處理完第一封信，輪到下一封。我用視線示意由比濱繼續進行。

「啊，那我念下一封信囉。嗯……這次的寄件人筆名是『結婚對象募集中有穩定收入（教職）』」

喂，你們留這種筆名究竟意義何在？未免表現得太明顯。這個人到底有多想結婚？光是看到筆名，我已能猜出接下來的信件內容。

〈筆名「結婚對象募集中有穩定收入（教職）」的煩惱〉

『說來慚愧，我不太擅長做家事，當然也不會做料理，想到將來要結婚（笑）便不由得擔心。雖然我也很擔心自己能不能結婚（笑），但還是希望至少先學一道拿手菜。能不能介紹一些抓得住男人的胃（笑），而且做起來不費功夫，又抓得住男人的胃——啊，不小心寫了兩次（笑）。反正，就是讓男人留下好印象的簡單料理。』

「這種問題不應該問學生吧……」

糟糕，老師認真的程度教人膽寒。加上文中頻頻出現自虐式笑容，更是讓我湧起逃離這台電腦的衝動。然而，另外兩位女生沒感受到這股恐怖的氣息，還一派輕鬆地討論：

「喔~馬鈴薯燉肉如何？有媽媽的味道。」

「日式漢堡排的話，又多一分精緻感，印象也會大不相同。」

誠然，馬鈴薯燉肉與漢堡排都是非常標準的答案，但也因為這些答案太過標準，背後同樣暗藏陷阱。

「等一下。太執著於那一點的話，只會使對方心生反感，造成反效果。」

做出那種料理的女性，腦中八成在想「打安全牌不就可以過關了嗎（笑）男人真膚淺（笑）」，我實在不怎麼欣賞。天啊，好嚴重的偏見！

「那麼，做什麼料理比較好？」

「啊，我也很想……聽聽看。」

雪之下投以筆直的目光，由比濱則略帶緊張地看過來。

「妳們似乎不明白什麼才是真正『媽媽的味道』。聽好了，所謂的母親，對待兒子跟女兒，態度可有天壤之別。在全天下兒子的心目中，『媽媽的味道』啊……」

我稍微賣個關子，由比濱好奇得將身體往前傾，但是很遺憾，這個答案根本沒什麼了不起。

「就是幾片隨便烤過的肉，配一碗白飯。」

「……什麼嘛，虧人家聽得那麼認真。」

「我還以為是什麼不得了的答案……」

兩個人瞬間露出大失所望（註1）的表情。這麼說來，把「大失所望」的日文寫成羅馬拼音「AKIRE」，立刻變得很像哪部超有名的作品。

不過，我之所以這麼說，也有自己的理由。

「說穿了，男生的胃其實單純到不能再單純。再說，結婚之後，料理可是每天都得面對的課題。」

雪之下聽了，輕撫下顎思考。

「有道理。每天都要做菜的話，必須思考不會吃膩的菜單……」

「不不不，精緻的料理做起來太麻煩，想一些簡單的即可。」

「原來你從頭到尾都站在家庭主夫的角度？而且考慮得那麼現實……」

由比濱從驚訝轉為死心，雪之下則輕嘆一口氣。

「……好吧，我會記在心上當做參考，回信也從這個角度切入，沒問題吧？」

註1　此處原文為「呆れられていた」，羅馬拼音為「akirareteita」。

S.S.
1
onayami
soudan mail
from: 結婚對象募集中有穩定收入（教職）
雖然我也很擔心自己能不能結婚（笑），但還是希望至少先學一道拿手菜。

雪之下維持一貫的冷靜，沒再說什麼，開始快速敲打鍵盤。

〈侍奉社的答覆〉

『與其挑戰馬鈴薯燉肉、日式漢堡排之類的主流菜色，我們決定著眼於男性心目中的母親形象，推薦「薑汁燒肉」這道料理。不過在這之前，平塚老師是否應該先尋找對象？』

……筆名這玩意兒真的一點意義也沒有。

我是說真的，拜託哪位好心人士快去娶她吧。

不過在這之前，平塚
老師是否應該先尋找
對象？

S.A. A

SIDE-A * Special Act-A
吾輩也只能祈求那些男男女女未來走得幸福美滿

婚姻乃人生的墳墓。

凡是已婚的男男女女，無一不稱頌婚姻的美好。

有人認為每天回家時，有個說「親愛的，我回來了」的對象非常快樂；也有人認為看著孩子的睡容，會產生「明天也要好好努力」的動力。

但是，請等一下。

即使住在自己家裡，照樣能說「我回來了」；要是真的沒有其他人在，可以自己買一瓶明治漱口水，跟河馬一起做體操，唱「我回來了～」；再者，回家後只能看到孩子的睡容，代表父母親正深陷加班地獄。

這樣真的稱得上「幸福」嗎？

那些人口口聲聲高喊幸福，臉上卻掛著一雙跟我相同的死魚眼，活像要把人拖進沼澤的殭屍。

我再問一次：這樣真的稱得上「幸福」嗎？

你想想看，真正的幸福不是應該……嗯……例如，每天早晨欣賞繫著圍裙的妹妹，一邊哼歌一邊在廚房裡忙碌才是嗎？

我打一個呵欠，帶著尚未清醒的大腦，等待可愛的妹妹端出親手製作的餐點。這才叫做幸福。結婚？結婚於我如浮雲！

家中大人今天一樣早早出門工作，他們真是忙碌，我要誠心誠意對他們說一聲「辛苦了」。多虧父母親辛勤工作，我們才得以過著衣食無缺的生活。

儘管我立志成為家庭主夫，但現在大家越來越晚結婚，連結婚率都一年不如一年，我若想達成目標，恐怕是越來越困難。另外不可忘記，離婚率則是逐年上升。

現代社會的變遷趨勢，說不定正跟我追求的生活方式漸行漸遠。話說回來，自古以來，難道有哪一段時期的社會風氣，跟我追求的生活方式相符嗎？平安時代？

考慮到未來無法結婚的可能性，我希望雙親可以一輩子努力工作。我不只要「啃老」，更打算一路啃到他們進棺材。

正當我燃起熊熊的野心時，人在開放式廚房的小町準備好早餐，喜孜孜地端著托盤轉身走過來。

「久等了～」

「嗯。」

她將托盤置於餐桌，在我對面的座位坐下。今天的早餐是吐司、沙拉、歐姆

蛋，外加咖啡，充滿濃濃的美式風格，或者要說是名古屋風格也可以。看起來真好吃的咧～

雖然小町升上小學高年級後，才開始幫忙做家事，但現在已做得有模有樣。尤其是煮飯，她的廚藝早已遠遠超過我，直逼母親大人的水準。

以父母親的角度而言，看見孩子一步步超越自己，心中想必感觸良多。因此，我也下定決心，要讓自己垃圾的一面超越父親大人。

「抱歉啊，每次都讓妳下廚。」

「哥哥，我們不是約定過，不要說這種話嗎？」

一段僅存於兄妹間的超隨興對話後，我跟小町雙手合十說著「開動」，感謝生命的恩惠。感謝家畜真的很重要，這是《銀之匙》教導我的。喔，對了，還要記得對社畜感謝感激暴風雨（註2）。謝謝爸爸跟媽媽在外辛勤工作賺錢，我們才得以坐在這裡吃早餐。不勞而獲的早餐真好吃，太好吃了。

好吃歸好吃，但某種討厭的食物赫然映入眼簾，令我食慾大減。

「啊，我討厭番茄。」

即使不勞而獲的早餐再怎麼美味，唯有那一口我實在吞不下去。我握著叉子，如此告訴小町，但她完全當成耳邊風。

「嗯，所以小町才故意放進去。」

註2　出自傑尼斯偶像團體「嵐」的單曲名。

她絲毫不認為自己做錯什麼，一派輕鬆地回應，開始吃沙拉……咦，為什麼要這樣對我？不覺得有點殘忍嗎？

難道父母親沒教育過小町，不可以對別人做他不喜歡的事……等等，這麼說來，他們也沒這麼教過我。不愧是比企谷一家，論「自己看著學」的教育方式，無人能比得上。這是哪門子的新人教育？學徒制的風格未免太強烈。

這種時候，身為哥哥便得好好開導妹妹一番。

「可是，小町，我說啊……」

「因為哥哥太挑食，不論是對食物還是對人。」

她一邊回答，一邊把歐姆蛋塞進嘴裡。

喔……被小町這麼一說，我也得好好闡述自己的理由。現在立刻告訴妳這個世界的真理，好好洗耳恭聽吧！我啜飲一口咖啡，挺起胸膛說：

「這不是什麼不好的事。勉強別人接受討厭的東西，只會造成雙方的不幸。」

「唉……看來哥哥要結婚，恐怕是難上加難……」

小町死心地嘆一口氣。喂，那是什麼態度？我又沒有說什麼奇怪的話。還有，我也很清楚自己要結婚是難上加難，可不可以不要特地說出來？為了避免那種情況，哥哥可是天天催眠自己，把家庭主夫的觀念深深植入潛意識。

本人好歹是堂堂男子漢，才不會為結婚折腰。

人們本來便不應該掩飾原本的自己，人與人之間註定存在價值觀的差異。

只要成長環境不同，免不了出現好惡差別。如果不接受這種差別，勉強委屈自己，只求跟對方在一起，這樣的婚姻能幸福嗎？

腦中閃過一個接著一個的念頭同時，我仍不忘品嘗歐姆蛋。嗯，真好吃。

「哥哥，有番茄醬。」

我正在吃歐姆蛋，當然要加番茄醬。等等，印象中妳好像習慣加美乃滋，所以是美乃派？還是篠原派（註3）？「Ultra Relax」對吧，我知道。

我從小町八成不會瞭解的懷舊思緒中抬起頭，視線跟她對個正著。

小町凝視著我，接著探出身體，伸出手指觸碰我的臉頰。

我本來還納悶她要做什麼，看來是我臉上沾到番茄醬。這種事情用說的好不好？妳的臉靠太近，好討厭，好難為情，跟剛結婚的新人一樣難為情。能不能趕快回去坐好？我朝小町投以抗議的眼神，但她不以為意，還露出牙齒對我笑。

「這樣可以幫小町加分。」

「可惜被最後那句話毀了。」

然後，我跟著吃起沙拉。

我的妹妹真是一點也不可愛。若非她老是說一些廢話，明明就很可愛……想到這裡，我不禁苦笑。或許是這個緣故，嘴裡的番茄跟著多一分苦澀。

註3　原文是在名詞「美乃滋」後頭加上「-er」，代表其支持者。這裡的篠原是指在一九九六年至九八年掀起流行的篠原友惠，「Ultra Relax」是她發行的最後一張單曲。

總之，如同我對小町的優點和缺點瞭若指掌，小町也非常清楚我的個性。家人間的互動沒有障礙，真是一件好事。

結論：即使將來不結婚，只要有妹妹便很足夠。以後廠商要把主要商品跟光碟綁在一起賣的話，不如直接附上妹妹，那樣一定會大賣。

×　×　×

一如往常的早晨時光過後，是一如往常的校園生活，和一如往常的放學時間。

真要說哪裡不同，在於侍奉社接到一個不太尋常的委託。

提出委託的人是平塚老師。她進入社辦，將一堆東西丟到桌上。

雪之下跟由比濱湊上去，來回打量那堆雜誌和資料。雪之下眉頭深鎖，面露難色；由比濱一臉呆滯，彷彿腦袋放空。

那些東西可能跟平塚老師的委託有關，所以我也從她們的身後探頭，想看個究竟。

由比濱眼前的雜誌印著熟悉的景色和字眼，還有大大的「千葉」字樣。這大概是所謂的地方誌。既然是地方誌，裡面一定有很多優惠訊息對不對？我也想訂閱，請問該跟誰聯絡？

至於雪之下，她正在閱讀的資料標題欄有醒目的「企劃」二字，看來是什麼活動的企劃書。

「嗯……『Love Marriage千葉婚禮』。咦……」

由比濱念出標題，似乎對企劃內容感到好奇。不過，這個標題是怎麼回事？為何有點像《愛天使傳說》……由於聽到的字眼頗為夢幻，我戰戰兢兢地看向那份資料。

映入眼簾的文字，果然散發著刺眼的幸福光芒，充滿羅曼蒂克氣息，令我下意識地倒退三步。大錯特錯，結婚絕不可能純粹是一件美妙的事！

「『年輕人結婚特輯』啊……」

我略帶無奈地開口。

平塚老師倒是沒有抱持什麼悲觀想法，豎起食指開始詳細說明。

「沒錯，這份雜誌是活化千葉地方的一環。他們為了讓年輕族群深入瞭解結婚的意義，跟地方政府、附近的婚禮顧問公司，以及有結婚典禮會場的飯店合作，進行這項企劃。」

嗯，原來是這類雜誌經常舉辦的官方與民間合作企劃。平塚老師帶來這些東西，是想讓我們參考的樣子。

雪之下聽著老師說明，同時快速掃視企劃書內容。最後，她一手按住太陽穴，另一手把資料放回桌面，輕敲幾下。

「……那麼，老師為什麼要拿這些東西給我們看？」

她隔了好幾秒才瞪向平塚老師。老師發出「嗚……」的呻吟，支支吾吾地說不出話，尷尬地別開視線。

「不、不是啦，這是，呃……學校的高層要求我們提供一些形式上的協助，我又被指派為負責人……」

在雪之下緊迫盯人的目光下，平塚老師勉強擠出答案。

「為什麼我們學校……不，是我們要提供協助……」

我也嘆一口氣抱怨。平塚老師眨幾下眼睛，然後忽然改為望向遠方的眼神。

「理由嗎？嗯……這是高層的命令，我當然不可能追問理由。工作就是如此。」

「我不想聽……我才不想聽這種話……」

我的工作意願原本便少得可憐，現在經老師這麼一說，更是蕩然無存……但是，說也奇怪，失去工作意願後，結婚意願（大約等同被扶養意願）反而大幅攀升。照這樣看來，只要大家都抱持希望被扶養的念頭，結婚率自然會提高。

我在內心熱烈迎接扶養號戰艦靠港時，雪之下輕咳一聲。

「我的問題是，為什麼要把這件事交給我們？」

「啊，的確。這應該是平塚老師的工作……」

始終埋首於雜誌的由比濱聽到雪之下這麼說，猛然抬起頭，不解地看向平塚老師。

她們的眼神不帶一絲惡意，在那樣的視線壓迫下，老師越來越不知所措，最後顫抖著聲音開口。

「嗚嗚……因、因為……人、人家根本沒有結婚的經驗嘛……」

她的眼中滿是淚水，看來就快要哭出來。

唉……妳們把老師弄哭了……

我看向由比濱，由比濱再看向雪之下。

「小雪乃……」

等一下，由比濱也有責任吧……不管怎樣，在抽抽噎噎的平塚老師，和露出天真無辜眼神的由比濱夾擊下，雪之下終於嘆一口氣，舉白旗投降。

「唉……雖然我們也不是很瞭解，但我們願意幫忙。」

「……嗯，謝謝你們。」

平塚老師吸吸鼻子、擦乾淚水，嬌羞地向我們道謝。那模樣實在太可愛，跟實際年齡完全搭不起來。

拜託，不論是誰都好，快點把老師娶走吧！不然只好由我收下了！

×　×　×

我們泡一杯茶讓平塚老師平復心情，開始閱讀企劃書。

簡單說來，這份雜誌提供幾頁的篇幅，要請我們撰寫一些報導。

「但是，要怎麼寫？」

由比濱盤起雙手，發出沉吟。

沒辦法，臨時要我們寫報導，我們也不知該從哪裡著手。平塚老師大概同樣沒有頭緒，才會來找侍奉社幫忙。

而且，聽說雜誌內容已經定案，現在不可能提出取消的要求。

這麼一來，我們該做的事倒也很明確。

「總之，寫一些東西把篇幅填滿就對了吧。我看乾脆把那幾頁當成廣告頁轉賣給別人，這樣既能解決問題，又能賺一點外快，不是再好不過嗎？」

「比企谷，那樣不行……」

平塚老師露出被打敗的表情，搖頭否決我的提案。不行嗎……我倒覺得這個主意很不錯。私自把版面轉賣給第三者，很像廣告代理商的作風。

「截稿日的問題比較大。雜誌社提供我們多少時間？」

雪之下放下茶杯，看向月曆。平塚老師跟著移動視線。

「下個星期要交稿，下下週之前要完成校對。」

雪之下用責備的眼神看向老師，老師疲憊地泛起苦笑。

「真的很趕呢。」

「工作就是這樣，一不小心便擺到忘記。棘手的工作更是如此……」

「啊，我可以體會。」

沒錯沒錯，我非常瞭解。碰到提不起幹勁的工作，我們總會拖拖拉拉。因此，越是不喜歡的事情，越應該速速解決，精神上才比較輕鬆。整個世界充斥這種讓人恨不得草草了事的恐怖工作，更恐怖的一點，在於真的有人靠這些工作賺錢。我壓根兒不想從事這種工作，所以最好還是不要出去工作。

話說回來，雖然我們為雜誌撰寫報導，卻沒有收半毛錢，再加上對方也沒有要求什麼樣的水準……

「不然，隨便瞎掰一篇文章如何？」

雪之下搖頭表示不可行。

「即使是用編造的，要填滿那些頁數仍然很辛苦。」

「在排版上用點技巧蒙混過去。」

就算只有少少的文字，照樣可以在排版的魔法下，讓版面看起來相當充實。例如，動畫不是常常來這一套嗎？像是用帥氣的文字或旁白撐時間的前衛表現手法。儘管我很懷疑，那是否單純因為製作進度火燒眉毛，才不得已出此下策。不過，看在頗有設計感的文字特效上，姑且先往好的方向解讀。

「如果有足夠的時間，這個方式的確可行，但現階段可能有實行上的困難。再說，以我們這些外行人的能力，真的有辦法留白留得好看嗎？」

「這裡不是有過去的樣本，隨便找幾篇拼湊一下如何？」

有那麼一瞬間，雪之下真的認真思考起這個提議。跟不上對話內容的由比濱面露戰慄，輕拉平塚老師的袖口說：

「老、老師，那兩個人好恐怖……」

「妳不覺得他們滿靠得住的嗎？雖然不怎麼像高中生該有的樣子……」平塚老師苦笑道。

雪之下得出結論後，換上「受不了你」的表情，按著太陽穴嘆一口氣。

「唉，你只有想偷懶的時候，腦筋轉得特別快……」

「這叫做有效率。」

「不管怎樣，不行。對方的要求是寫一篇符合高中生水準的報導。」

好吧，雪之下所言非常有道理。如果雜誌社是要一篇專業的報導，一開始便不會找上我們。

回到正題，符合高中生水準……行政機關高層心目中的「高中生水準」，究竟是什麼樣的水準？像高中棒球那樣清爽？還是像時下女高中生那樣花俏？

我稍微回顧自己的生活，再仔細端詳雪之下。

「那根本沒辦法，我跟妳一點都不像高中生。」

「……有道理。」

雪之下垂下肩膀表示認同，並且別開視線。

「一般人是先思考報導的主題，你們卻先思考怎麼填滿空白，感覺真老練……」

平塚老師的語氣既無奈又佩服。我跟雪之下也深知這一點，不約而同地發出嘆息。

不，等一下。

現場不是有人很像高中生嗎——我猛然想起，迅速把臉轉向那個人。

「由比濱，妳平凡的一面派上用場的機會來囉！」

「你這種說法很讓人生氣耶！」

由比濱一臉氣沖沖的神情，豈料雪之下也正經地詢問：

「由比濱同學，可以拜託妳嗎？」

「被拜託這種事情，心情好複雜！」

好不容易盼到大展身手的好機會，由比濱卻淚眼汪汪地呻吟。不過，就我個人的看法，她平凡的一面相當寶貴，至少這一點大大地拯救了雪之下。所以說，平凡沒有什麼不好。

「唔唔唔～～」儘管由比濱的心裡千百個不願意，終究敵不過雪之下默默凝視的眼神，最後終於下定決心。

首先，她雙手抱胸。

接著，她雙手抱頭。

最後，她雙眼放空。

由比濱大概是腦袋運轉過度而靈魂出竅，我彷彿看到她的頭頂在冒煙。

這時，她突然敲一下掌心。

「啊，公開募集婚紗設計圖如何！」

「我想，這間學校裡沒有幾個人畫得出設計草圖。」

我也思考過這個方案，可惜很難實行。光是尋找有能力設計婚紗的人，便要費好一番功夫。何況現在沒有多餘的時間，一一詢問所有人：「要上發條？不上發條？」（註4）

由比濱聽了，繼續用手在頭上繞圈，然後又想到什麼，將身體湊向前。

「嗯……不然，婚紗選美比賽怎麼樣？」

「以時間上來說，現在很難進行全校規模的活動。」雪之下冷靜地回絕。

沒辦法，截稿日就在下個星期，要在這麼短的時間內把訊息傳達給全校學生知道，並且把活動辦出來，怎麼想都不可能。即使壓縮中間的檢查時間，勉強趕上最後的交稿日，多出那一個星期也不會有太大差別。

這樣固然對由比濱過意不去，無奈在不能說的原因之下，她的提案無法付諸實行。好啦，雖然故意說得神祕兮兮，其實不能說的原因即為「截稿日」。截稿日這個玩意兒趕快廢除好不好？

「唔唔唔～～」由比濱再接再厲，繼續思考其他點子，但她似乎實在想不出其他花樣，攤開雙手表示放棄。

「嗯～～結婚、結婚、結婚……我真的沒有什麼概念。這件事對現在的自己來

註4 出自《薔薇少女》的劇情。

說，還沒有什麼真實感。」

「以我們這個年紀，的確不會想到結婚的事。」

明年我將邁入可以結婚的法定年齡，但是目前對結婚尚未有半點實感，這兩位女生想必也是如此。

可是，在場的另一個人沉痛地低語：

「確實如此……我跟你們一樣大的時候，也從來沒有思考過結婚的事……」

我跟由比濱不禁閉上嘴巴，小心翼翼地別開視線。

「……」

「……」

現場氣氛瞬間凝重起來，這是該怎麼辦才好？現在可不是欣賞窗外風景的時候喔，平塚老師。

唯獨雪之下出於不同的理由不說話，撫著下顎像是在想什麼。

「思考……」

「啊？」

雪之下忽然含糊地低喃幾個字，又自顧自地點頭。

「正是因為大家都沒有思考過，在這個情況下進行問卷調查，或許更有報導的價值。」

「原來如此，設計問卷請大家回答，應該滿輕鬆的。」

由比濱發出「喔～」的歡呼，為雪之下鼓掌。

沒錯，刊登問卷調查結果不失為灌頁數的好方法，畢業紀念冊上也常出現「最○○的人TOP3」之類的單元。說到這個，可以不要再出於對無緣上榜者的顧慮，編出「將來最有希望成為社長的人」這種超沒營養的排行，硬是把我塞進第三名嗎？那種同學愛反而讓我很難受。還有，我的畢業紀念冊最後一頁完全空白，是不是缺頁？

對了，乾脆讓雜誌的那幾頁全部留白，隨便打上「獻給未來～to LOVE marriage～」之類的標題，讓讀者自由發揮如何？只要用「填滿這片空白的使命，掌握在你的手上」當口號，一定會有人上鉤。

以上是我個人想到的方案，至於雪之下當然也有用她的想法認真思考。

「若是調查對象擴及全校或全學年，還是需要很多時間，把範圍縮小到一個班級可能比較好。」

「這樣統計出來的結果，可能沒什麼參考價值。」

只調查一個班級的話，跟畢業紀念冊沒什麼兩樣；而且以問卷調查來說，距離有效樣本數仍相當遙遠。雖然這不是正式的學術調查，所以沒什麼關係。

當然，雪之下自己也很明白這個問題。

「這次實在是迫不得已。以問卷調查為主，再附上專欄之類的內容，還是可以勉強做出個樣子。」

先前沒有發表任何意見，只是在一旁觀察的平塚老師，這時總算開口。

「嗯……專欄嗎？交給比企谷負責吧。」

「為什麼是我……」

旁邊不是還有兩個人？由比濱的寫作能力可能很……所以這次還是先……那麼雪之下呢？她寫的文章可能也很……可是，我敢說自己的文章同樣很……而且，真要說的話，這本來是老師的工作才對吧？

我將滔滔江水般的情感和抱怨濃縮進「為什麼是我」五個字。平塚老師聽了，十分乾脆地告訴我理由。

「你總是有辦法把作文跟報告寫成那樣，這點程度的專欄想必是小事一樁。」

哪有人聽到這種話，還會高興地說「我願意做」……難道老師沒有當上司的才能？

我大概是將自己的不悅表現得太明顯，平塚老師把頭髮往上撥，閉起單眼對我微笑。

「姑且不論內容如何，我是在肯定你這方面的能力啊。」

既然對方都已這麼說，我實在很難再拒絕。

「嗯……我也不是寫不出來。」

我不太好意思地移開視線，正好看見雪之下再度按住太陽穴。

「改稿想必是大工程……」

喂，我又沒有拜託妳改稿。倒不如說，我根本不想請妳改稿，因為妳絕對會改成滿江紅。從事編輯工作時，麻煩多用鼓勵的方式行不行！

雪之下嘆一口氣後，平塚老師立刻泛起調皮的笑容。

「怎麼？妳願意幫忙修改嗎？那我就放心了。」

「……唉，這點事情我是不介意。」

雪之下不悅地把臉別開，開始整理領口。喂，不是說我沒有拜託妳改稿……難道說，妳是總編輯大人？

「所以，現在只剩下設計問卷對吧。」由比濱坐回自己的座位。

既然已決定好大方向，便要緊鑼密鼓地進入準備流程。平塚老師轉過來說：

「那麼，在把問卷發出去之前，我們先自己做做看。」

我們在社辦內翻找一陣，蒐集足夠的空白紙張，開始設計問卷題目，接著由雪之下彙整，交給平塚老師拿去影印，分給大家模擬作答。

所有人作答完畢後，平塚老師環視我們問道：

「那麼，大家覺得如何呢？」

她從收回的問卷中，隨意抽出一份。

Q：你希望結婚對象的年收入為多少？

A：一千萬圓以上。

「比企谷同學……」

「自閉男……」

雪之下跟由比濱沒好氣地開口，還一起對我露出白眼。

「等一下，為什麼知道是我？」

「一看字跡就知道了……」

由比濱從白眼轉為死魚眼，雪之下撥開肩上的頭髮說：

「這個人真的以為自己那麼有價值？明明沒有朋友，註定考不上理科大學，將來很可能找不到工作，幾乎沒有前途可言。再加上那對死魚般的眼睛……」

「吵死了，這個世界上就是有一堆低智商的人，會回答跟我一樣的答案。」

傍晚時段的綜藝節目經常播放聯誼特輯，不要以為我不知道。節目中那些三十歲以上的女性被問到理想對象的條件時，十之八九會開出這個價碼。只不過，符合她們條件的對象都很搶手，根本不可能出現在那種聯誼活動。與其說那些女性太會做夢，不如說是根本沒有看清現實。

「好、好啦，該怎麼說呢……目標越高越好。對，沒錯。」

平塚老師難得跟我站在同一邊。老師，謝謝您！那麼，藏在您背後的那份問卷，又是寫什麼答案？

「總、總之！現在已經做好問卷，開始尋找受訪者吧！」

老師注意到我的死魚眼在看哪裡，迅速從座位上站起。

× × ×

由比濱自告奮勇去找受訪者填寫問卷，我沒有什麼事好做，索性發呆等她回來。平塚老師看著自己寫的問卷，口中念念有詞，重新檢視自我。

雪之下則如同往常，閱讀著文庫本。

她看到一半，突然動一下肩膀，闔起書本。

同一時間，社辦大門應聲開啟。

「教室裡還有人在，我便請他們回答了！」

由比濱得意洋洋地秀出手上的問卷。奇怪，雪之下擁有什麼特殊能力嗎？跟我家的貓在小町回來時的反應非常相似……

「謝謝。把這件工作交給妳一個人，真是不好意思。」

「哪裡，不用放在心上。反正現在學校裡好像只剩下我們班還有幾個人。」

由比濱坐到自己的專屬位置，這麼回答雪之下。

如同由比濱所言，她帶回來的問卷中，已經填答的數量不多。但是在我們當中，也只有她有辦法請人填寫問卷。

「沒關係。如果換我去問，別人根本不願意回答。」

「是啊。如果由比企谷同學出馬的話，只會讓大家以為是在傳教或是什麼卑劣的推銷手段。」

「妳說得對極了，我完全是叛逆教主（註5），超強的。」

雪之下似乎是衝著我來，我便如此回敬。她再度露出被打敗的表情，嘆一口氣，另外兩位女性跟著發出「唉……」的聲音。

「你以後真的有可能成為教主，真可怕……」

平塚老師一臉認真地說道。等一下，不要那麼認真好不好？即使讓雪之下出馬去做問卷調查，大家也會對她抱持戒心，委婉地拒絕吧。

連我自己都想嘆一口氣，好在由比濱在這時出面緩頰。

「好啦，用不著這麼說，我們趕快看看問卷調查的結果吧！」

我們把已填答的問卷攤開在桌面上，仔細研究。由比濱抽出其中一份問卷——

Q：你希望結婚的對象從事什麼職業？

A：我想跟聲優結婚！

我連想都不用想，一瞬間便知道這張問卷是誰寫的。

「好好好，下一張～而且這傢伙不是我們班的吧……」

我迅速把材木座的問卷丟到一旁，繼續看其他問卷。

註5　出自日本格鬥明星魔裟斗（原名小林雅人）的外號。

Q：你是否對結婚抱持什麼不安？

A：我真的超不會做菜，還有打掃也不行。

A：婆媳關係、同居分居、遺產繼承等等。我的家裡有很多兄弟姐妹。

A：對葉山×八幡的走向感到不安。

看到接下來的幾個答案，我開始感到些許厭倦，尤其是最後那一份。儘管這份問卷採不記名方式作答，我還是可以一眼看出填寫問卷的人是誰，簡直是超級送分題。

「這些問卷是誰寫的，幾乎都猜得出來……」

「畢竟都是班上同學嘛。」

如同由比濱所言，這些問卷毫無疑問皆是由班上同學作答的。如果我的猜想沒錯，以上三個人分別是三浦、川什麼的，以及海老名。

說到三浦，她能夠貫徹自己到這種地步，我反而對她產生好感。不愧是女王。

還有那位川什麼的，似乎很辛苦呢……她大概天生與幸福無緣，希望她務必好好加油，努力掌握屬於自己的幸福。

至於海老名嘛……嗯，不提也罷。

「刊載這樣的內容，不知道有沒有問題……」

雪之下顯得有些猶豫。不過說真的，這種問題哪裡需要考慮，用腳趾頭想都知道不行。平塚老師似乎也如此認為，她翻閱完問卷，發出「唔……」的低吟。

「這些回答實在沒有什麼真實感。」

「老師，您說這種話真的好嗎……」

我忍不住睜大眼睛，盯著平塚老師猛瞧。一旁的由比濱不理會我說什麼，盤起雙手陷入思考。

「不過，我們還不瞭解結婚後的生活有什麼優缺點，當然回答不出來。除非有相關經驗，不然還有很多不知道的事情……」

沒辦法，我們能參考的範本只有父母親，而且從來沒有刻意觀察過。如果現在重新仔細觀察，說不定會發現有所不同。然而，所謂的「設身處地為人著想」非常難實踐，在自我意識高漲的青春期尤其如此。

我們再怎麼努力，都不可能成為他人。

既然連想像自己的父母親都有困難，要我們想像婚後跟人共同生活，想必更是難得遠遠超乎我們想像。

正當我陷入自己的思緒時，雪之下提出另一個想法。

「如果是有類似經驗的年輕人，我倒不是不認識。」

「咦，真的嗎？」

聞言，由比濱顯得十分感興趣，雪之下對她微笑說：

「沒錯，她長期照顧身邊不成才的人，非常清楚那種辛苦，對這方面的瞭解應該比我們深。」

聽到雪之下這麼具體的答覆，我的雙眼不禁亮起來。

什麼，原來妳認識那種人？不是在開玩笑？那個人說不定很願意養我一輩子，拜託趕快介紹一下。這樣一來，我等於躋身人生勝利組的行列！

……當時的我，內心是如此盤算。

×　×　×

不到一個小時，雪之下口中的那個人出現在我們社辦。然而，不管我橫看豎看，那個人都相當眼熟。說得正確些，我們今天早晨才見過面。

「為什麼是小町……」

我的雙眼死氣沉沉，先前的興奮與期待消失無蹤，小町本人倒是滿臉笑容地站在門口。

「難道我剛才沒有說，她長期照顧身邊不成才的人，非常清楚那種辛苦？」

那個「不成才的人」該不會是指我……算了，至少雪之下不是說「非人哉」。以她的標準而言，那個說法還算溫和，看來她今天的心情不錯。

雪之下對小町簡單說明事情經過，小町「嗯、嗯」地點頭。

「那麼，請先讓小町看看大家填的問卷。」

雪之下將整疊問卷遞給小町，小町一張一張閱讀，同時不停頷首。

「……原來如此，小町可以明白大家比較關心什麼。」

真不愧是我妹妹，理解速度和掌握重點的能力都不是蓋的，她不一會兒便明白這次的問題所在。

除卻材木座不提，從三浦與川崎的答案，確實能多少看出她們對將來的婚姻生活抱持不安。

嗯？海老名？那根本不值得一提。

到此為止，我們跟小町的想法是相同的。

「嗯，但是我們不曉得接下來要怎麼做。」

「我們不可能直接刊載這份問卷調查的結果……如果妳能幫忙想一些好點子，我們會非常感激。」

小町聽了由比濱和雪之下的話，將食指放上太陽穴開始繞圈。

「嗯……啊，小町有點子了！」

她靈光一閃，拍一下手。不過，看她那麼裝模作樣，實在很可疑，總覺得不會是什麼好點子……雖然我內心十分不安，但另外三個人都對小町抱持期待，小町豎起食指，得意洋洋地開始說明。

「從這份問卷調查看來，大家的『新娘度』都嚴重不足。所以，第一步便是要提升『新娘度』！」

「『新娘度』是什麼……」

「不要在意那種小事。總之，現在應該換個方式，思考如何讓大家更有新娘的樣子！」

小町很自然地忽略我的疑問，還自作主張地改變企劃方向。

平塚老師聽完說明，接口說道：

「嗯，聽起來像是新娘養成計畫。」

「這個名字真不錯！小町收下了☆」

小町裝模作樣地在掌心抄寫筆記，接著站起身，大聲宣布：

「那麼……新娘養成計畫，現在正式開始！馬上進入讓人心跳加速的『新娘度大對決』！耶～～」

雪之下、平塚老師和我都用驚訝的視線看著小町，唯獨由比濱不知為何很有興趣，在一旁幫忙鼓掌。

「所以『新娘度』到底是什麼……」

看來這個問題將永遠得不到答案。

× × ×

這場「新娘度大對決」由小町負責準備，因此我們決定擇日再進行。

到了對決當日，小町先把大家聚集到社辦，再把女生通通帶往某個地方，我則留下來靜候通知。

社辦內剩下我一個人，不得已之下，只好自己想辦法打發時間。好吧，這種事情我並不介意。反正從以前開始，我便很擅長幫大家顧教室。

我拿出自己帶來的文庫本專心閱讀，過一會兒，手機突然發出震動，原來是小町傳簡訊來。

到家政教室集合？她的葫蘆裡究竟在賣什麼藥？納悶歸納悶，但只要是妹妹的要求，我基本上都會照單全收。

於是，我邁開大步離開社辦，前往家政教室。

放學後的走廊上沒有其他學生，讓我心曠神怡。日常的喧囂聲也靜默下來，有如從來不曾存在。

然而，隨著我接近家政教室，某種嘈雜聲越來越明顯，我還不時聽到那個方向傳來尖叫。

喂喂喂……這樣會害我不敢進去啦……

然而，家政教室的大門已經出現在眼前。

我還是鼓起勇氣，把門打開。

首先映入眼簾的，是穿著圍裙的小町。

「啊，哥哥終於來了。好，開始吧！」

「開始什麼……」

小町雙手扠腰，擺出頂天立地的豪邁站姿。

「新娘養成計畫，現在正式開始！馬上進入讓人心跳加速的『新娘度大對決』♪」

她高聲宣布後，隨即從背後抽出一根杓子。咦，妳也懂《橫行太保》啊（註6）？

小町用杓子充當麥克風，轉向後方。

「第一關是料理對決！」

出現在她背後的是雪之下、由比濱、平塚老師，三個人同樣穿著圍裙。在她們的更後方還有一張桌子，兩個熟面孔坐在那裡。

「那麼，麻煩兩位擔任今天的評審～」

在小町的介紹之後，其中一人揮手致意。

「雖然我完全不知道為什麼會被找來……大家要加油喔！」

「唔嗯，最近流行深奧的設定，作者必須親自仔細說明。無妨！本劍豪將軍便順從汝的意思，接受這項請求！」

註6 梅澤春人的漫畫。主角日日野晴矢經常從背後抽出各式各樣的物品。

原來是戶塚跟材木座，他們也是小町找來的嗎？

我還沒搞清楚狀況，小町便伸手比向那張桌子。

「好～哥哥也請坐上評審席～」

看來台上三名穿著圍裙的人要做料理，再由坐在那張桌子的人試吃。儘管心中有一種不好的預感，但是不管我再怎麼推託，小町仍會使盡手段逼我接受，用拖的也要把我拖上去。

於是，我乖乖聽從小町的指示，坐上評審席的空位。

眼前的景象存有太多疑點，我決定挑自己最在意的地方問清楚。

「讓戶塚當評審沒有問題嗎？喂，妳確定要讓他當評審？」

我低聲詢問小町，但她直接當做沒聽到，把臉轉向由比濱。我說，不回答自己哥哥的問題，不覺得有點過分嗎？

「料理主題為『男生心目中媽媽的味道』。首先，第一位參賽者是結衣姐姐！」

由比濱聽見自己的名字，往前踏出一步。她端著一個餐盤，盤子上罩著高級餐廳內常見的銀色蓋子。

「請問結衣姐姐準備的料理是什麼？」

「日式漢堡排！」

由比濱掀開蓋子，大方展示自己的拿手好菜。然而，小町的反應不怎麼熱烈。

「……喔～」

她很明顯地退縮了。沒辦法，這不能怪她。

出現在盤子上的是一堆類似焦炭的物體、黏糊糊的醬汁，一旁還有染成黑褐色的蘿蔔泥，再以支離破碎的青蔥點綴。

……日式？哪裡日式？我看倒像是一片荒涼的火山地帶，沒有半點日式成分。如果說是夏威夷的基拉韋厄火山，我搞不好真的會相信。還有，請告訴我漢堡排在哪裡。唉，我們真的得吃這個玩意兒嗎？

我對眼前的料理感到恐懼，但材木座一看是女孩子親手做的料理，立刻興奮地伸手抓取。

「咕嚕咕嚕！讓我嘗嘗讓我嘗嘗！自古以來不是常說『絕對不可以貌取人』。在這般外表下，這道料理肯定隱藏著光輝……」

材木座的這番話乍聽之下十分帥氣，可惜實際上並非那麼一回事，完全是在浪費口水。

「嗚！」他咀嚼漢堡排的那一瞬間，有如感應到神諭，全身竄過一陣衝擊，雙眼睜大到極點。

「嗚咕咳！」

下一秒，他虛弱地發出路人角色般的呻吟，倒在桌上一動也不動。

整間家政教室陷入一片死寂。

犯人就在我們當中……

小町觀察材木座好一陣子，確定他不省人事後，迅速看向我。

「嗯～因為中二哥哥出局，接下來……輪到哥哥。」

「咦？」

我指著自己、懷疑耳朵有沒有聽錯時，由比濱的料理已被送到面前。

「唔……」

光是看一眼這盤慘不忍睹的料理，我便發不出任何聲音。

材木座那傢伙最喜歡誇大反應，這一點是出了名地討人厭沒錯，可是，親眼看到他受到那麼大的傷害，我怎麼樣都提不起勇氣。由比濱見我像個石像般不動，撥弄起頭上的丸子，「哈哈哈」地乾笑帶過。

「沒、沒關係啦，不用勉強自己吃下……」

她看著地板，把臉轉向一旁。

說實話，如果能不吃，我是真的不想勉強自己。畢竟無理行得通的話，正理便行不通。

話雖如此，我也不能就此退縮。我們應該感謝生命的恩惠，材木座也已犧牲，再說，嗯……該怎麼說才好……機會難得嘛。

喔，對了，還有最重要的一點，我說什麼都不能讓戶塚吃下那種東西。

於是，我把目光集中到戶塚身上補充勇氣。

「怎麼回事，八幡？」

戶塚對我突如其來的視線感到不解，露出笑容問道。

啊……好想守護這個笑容……

此時此刻，只有我能守護戶塚的笑容！我決定勉強一下自己，管它什麼正理，通通閃到一邊去！

我抱持堅強的意志拿起盤子，用筷子一口氣把漢堡排掃進口中。

咕沙、咕沙、嘎吱……每咀嚼一次，味覺地獄甲子園便掀起一陣高潮。

「自閉男……」

我感受到由比濱含淚的視線，不過我自己才真的快哭出來，所以沒辦法說什麼。

在所有人屏氣凝神的注視下，我好不容易把食物嚥下去。

整間家政教室再度陷入靜寂，唯有我放下筷子時發出聲響。

我短吁一口氣，緩緩開口：

「嗯，該怎麼說……如果做好覺悟，勉強一下自己，感覺也不是不能吃。」

這早已不是「新娘度」有多高，而是有沒有「人度」的問題。

「你的評論好難懂！」

由比濱悲痛地哀號。既然如此，請妳多多努力……我已經很努力了。

「但是你的臉色很蒼白……」雪之下無奈地說道。

接下來，小町站到雪之下身旁。

「第二棒是雪乃姐姐！」

經小町催促，雪之下也端出自己的料理。她的盤子上同樣罩著銀色蓋子。

「那麼，請公布料理名稱！」

「我做的是海鮮燉飯。」

雪之下掀開蓋子，秀出讓人食指大動的料理。由比濱見狀，也發出讚嘆。

「喔～是義大利料理。」

「海鮮燉飯的發源地是西班牙。」

「咦，可是我記得薩莉亞好像有……嗯？」

由比濱被雪之下糾正，腦袋開始混亂。我理解她的困惑，薩莉亞的確有這道料理，菜單上是寫「地中海風抓飯」，後面再註明「燉飯」。

雪之下的海鮮燉飯送上桌。除了海鮮做為主要食材，上面還妝點大量肉類和蔬菜，而且用番紅花煮出的米飯色澤豔麗。在裊裊上升的熱氣中，我依稀嗅到來自地中海的風……雖然我從來沒有去過地中海。

由於前一道由比濱的料理被我勉強塞進胃裡，因此這次由戶塚優先品嘗。既然是雪之下的料理，應該沒有什麼好擔心。

經我禮讓，戶塚的臉上綻放燦爛的笑容，迫不及待地拿湯匙舀起一口。

「哇～雪之下同學的手藝真棒！」

「這沒有什麼了不起，只是經驗多寡的問題而已。」

雪之下的語氣如同往常平淡，我相信她這麼說不是要掩飾害羞，而是真的如此認為。

戶塚吃過後，輪到我品嘗。從米飯熟透的程度，到食材平衡的拿捏，以及勾起食慾的裝盤方式，這道菜都完美得無可挑剔。只不過……我感覺不出這是新娘會做的料理。

「好吃，非常好吃，這樣反而不知該怎麼評論……」我真的想不到可以說什麼。

這時，由比濱舉起手。

「我我我！我也想吃吃看！」

「好好好～等一下大家一起吃～」

小町委婉地打斷她的要求。

「好，接下來是小町做的馬鈴薯燉肉。」

儘管這道料理顯得樸實無華，但我對小町的手藝可是再清楚不過，吃起來果然跟她在家裡煮的一樣美味——等一下，為什麼連小町都參加對決？我壓根兒不打算讓她嫁出去，所以她把新娘度提升得再高都沒有意義。

「嗯，不錯，跟平常一樣。但是，妳選擇這道料理有點作弊。」

「嘖，親密的關係反而成為敗筆……」

小町咂一下舌，戶塚趕緊幫忙打圓場。

「不過，真的很好吃喔！」

這句話既質樸又率直，因此更有真實感。小町被他的暖意打動，眼眶泛出淚水。

「嗚嗚，戶塚哥哥真是好人……新娘度好高……」

「我也這麼覺得……」

真要說的話，戶塚的新娘度遠遠超過其他人。我跟小町出於不同的原因，各自嘆一口氣。

下一刻，小町甩甩頭恢復理智。

「啊，不行不行，趕快進入下一位！接下來終於輪到壓軸的平塚老師！」

平塚老師大步向前，臉上滿是自信的笑容，完全不負小町的介紹。

「請問老師準備了什麼料理？」

「呵呵，就是這個！」

喀鏘一聲，老師掀開銀色蓋子，秀出「肉感」十足的料理——大量大量的肉、豆芽菜，以及堆成小山的白飯。

舉目所見盡是肉、肉、肉，滿滿的肉片有如要喚醒人類體內凶暴的獸性，激起食慾的香味也幾乎要將飽足神經徹底破壞。

我認得這些食材的組合，絕對不會錯——

「這、這不就是……『把豆芽菜跟肉一起炒，再淋上大量烤肉醬就直接上桌』！」

「那樣稱得上是料理嗎……」

平塚老師不理會雪之下的疑問，得意洋洋地看過來。

「比企谷，怎麼樣？」

真不甘心……但是好有感覺（註7）！（我是指滋味。）

心中固然非常不甘，我還是不得不承認……

「好吃……太好吃了……烤肉醬怎麼這麼好吃……」

「應該讚美我才對吧？」

平塚老師用力瞪我，額頭還爆出青筋。可是等一下，如果這樣算得上是料理，我自己也做得出來；再說，選擇這道料理，不覺得新娘度有點低嗎？

× × ×

最後，我們發現只靠料理不足以測出新娘度，於是進入下一階段的對決。

「接下來是問答題對決：『在這種情況下，妳會怎麼做？』」

小町高聲宣布第二階段的對決內容後，不做任何詳細說明，便把參賽者們趕到長桌前坐成一排。戶塚繼續留在原本的評審席，材木座的遺骸也維持原樣。這次是由侍奉社拜託小町幫忙，自然沒有理由反抗她的指示，大家只能乖乖就座。

「小町會念出新娘度的檢定題目，請各位參賽者站在新娘的立場寫下答案。」

以問答題的形式進行個案研究……原來如此。也就是說，回答題目的人必須坐在那張長桌是吧，我懂了。這樣一來，我應該坐到哪裡，答案已經相當明顯。

註7　出自同人社團Crimson Comics的漫畫名台詞。

「那麼，我們馬上開始……咦？哥哥為什麼要坐那裡……」

「因為我以家庭主夫為目標。」

小町不明白我為何移動座位，不過，我的答案單純得不能再單純。先前料理對決時，因為我有評審的要務在身，無法參加比賽，但是跟那群女生比起來，我的新娘度肯定高上許多。現在就讓我好好告訴她們，新娘究竟該是什麼樣子。

「八幡，加油！」

戶塚對我揮手，我也用笑容回應他。小町索性不跟我爭執，露出「真拿哥哥沒辦法」的微笑說：

「好吧，沒關係。那麼，小町要出題囉～請問：『被婆婆抱怨打掃方式的時候，你會怎麼做？』請大家把答案寫在板子上！」

啊，原來有答案板。我看看手邊，果然發現一塊板子跟一枝簽字筆。我說小町，妳是什麼時候準備好這些東西……

我聽完問題後，連想也不想便寫下答案。由於答題時間還很充分，我稍微觀察其他人的作答情形，只見由比濱發出「唔……」的沉吟聲，雪之下面無表情地快速寫下答案，平塚老師則豪邁地揮動筆桿，嘴裡還念念有詞。

「好，請亮出答案！」

小町確認大家都寫完後，比向最右邊的由比濱，請所有人依序出示答案。

「嘿～」由比濱掀開自己的答案板，「跟婆婆道歉，然後再打掃一次。」

這個答案很有她的風格，但我曾經在電視上看過，萬一婆婆看媳婦不順眼，不管媳婦再怎麼道歉，婆婆都不會有罷手的一天，所以，我不認為這是好的解決方法。感覺由比濱結婚後會過得很辛苦……

接著是雪之下，她滿臉無趣地掀開答案板。

「從頭開始說明自己打掃方式的合理性。」

這個答案同樣很有雪之下的風格，我敢說她會駁到對方完全說不出話，所以應該沒有問題。而且，不只是未來的婆婆，未來的丈夫恐怕也一輩子都辯不贏她，真是辛苦……我是指雪之下周遭的人。

再來輪到平塚老師，她一樣帶著自信滿滿的笑容秀出答案。

「用拳頭溝通。」

嗯……用肢體語言對話是嗎？我明白我明白，就類似不管碰到什麼問題都用決鬥解決的「決鬥腦」對吧（註8）？如果盡量從好的角度解釋，這種做法是承認雙方之間的歧見，以達到和解的目標；若改用一般的角度解釋，則變成：「這個人到底在說什麼？」

最後，終於輪到我，我舉起自己的答案板。

「把味噌湯煮得特別鹹。」

這種方式既能時時提醒自己勿忘復仇，又能宣洩積壓在心中的不滿，還可以點

註8　暗喻《遊戲王》的內容。

燃新的火苗模糊焦點，讓婆婆把打掃的事情忘到腦後，頗有「江戶的仇在長崎討回來（註9）」之感。慢慢用味噌湯鹹死她，不就是勝利在望嗎……

「喔～大家的答案都很有個性……然後，老師跟哥哥的答案先刪除。」

小町瀏覽過我們的答案，苦笑著用手指比叉。行不通嗎……慢慢鹹死婆婆的做法果然不太可行，看來把她慢慢甜死才是正解。跟鹹味比起來，舌頭應該比較不會注意到甜味。

話說回來，這種問題根本不存在標準答案吧？我才剛這麼想，小町便從背後抽出一塊答案板，那大概是她認為的理想答案。

「小町心目中的理想答案是…『向母親發牢騷，明天繼續努力。』」

「好有真實感的回答！」

由比濱不太苟同，我也這麼認為。怎麼有種身處水深火熱之中，依然打起精神好好努力的感覺？難不成妳的家裡有人那麼難伺候？

雖然小町的答案頗為沉重，她本人倒是沒有特別放在心上，神情開朗地進入下一道題目。

「我們繼續吧～接下來是第二題——」

說到這裡，她突然演起話劇。

「明天就是聖誕節，但是老公太不爭氣，一點用都沒有，這個月的經濟可能很拮

註9　日本諺語，意指在意想不到或毫不相關的地方報復。

据……」

她還擤一下鼻子，表情相當陰沉。雪之下看了低喃：

「哎呀，跟某個人一模一樣。」

「真的～」由比濱跟著用力點頭。

「畢竟世界上也存在這樣的男人。能夠當他們支柱的老婆，才算得上好老婆。」

平塚老師一臉正經地如此補充。等一下，可不可以請妳們別看著我說那些話？

小町念題目念到一半被打斷，因而雙手扠腰，不太高興地皺起眉頭。

「小町還沒有把題目念完喔！請問，在這樣的情況下，你會如何處理孩子的聖誕禮物？」

這一次，她把題目念完後，故意把頭歪到一邊裝可愛，大家則同時開始作答。

秒針的滴答聲和簽字筆摩擦答案板的咯吱聲相互混雜，待時間差不多時，小町再度開口。

「時～～間～～到～～現在，請亮出答案！」

這次一樣是從由比濱開始。

「送便宜的玩具。」

嗯，退而求其次確實是安全的做法。不過，小孩子對玩具價值的理解程度遠遠超過大人的想像，他們發現父母親改送比較便宜的玩具，說不定會有所察覺，然後，從此變成說話做事懂得看場合的小孩。

接著是雪之下。

「書。」

原來如此。美好的閱讀經驗能成為無可取代的幸福。當然，父母選什麼書也很重要。這是性價比很高的禮物，的確很像愛書人會寫的答案。

第三位是笑容依舊的平塚老師。

「動畫名作藍光珍藏版本。」

那是妳自己想要的禮物吧？

最後輪到我。

「告訴孩子：『聖誕老人不會送禮物給壞小孩。』」

……這是老爸對我說過的話，那傢伙對年幼的心靈做了什麼好事……雖然老媽後來有準備我的禮物，以結局來說沒什麼問題。然而，當時還是小孩子的我可是下定決心，把聖誕老人寫進獵殺名單……

小町看完所有人的答案，「啪」一聲拍一下額頭。

「啊～～大家都沒有把題目聽清楚，這個問題的重點是『要怎麼處理』。」

她豎起食指解說。原來這一題要問的不是送什麼禮物給孩子。

「那麼，來看看小町心目中的標準答案～」

小町拿起自己的板子，念出答案。

「交給祖父母處理。」

「那樣沒問題嗎……」

雪之下一臉錯愕，用有點冰冷的視線看向小町。小町發出「嘖嘖」的聲音搖動手指，指著自己說道：

「沒有問題。爺爺奶奶超級疼愛孫女，so sweet。這是小町的親身經歷。」

聽她這麼一說，我瞬間想起確實是這樣沒錯。當年我還是懵懵懂懂的小孩子時，爺爺奶奶同樣對我很好。

「的確如此。可是，當弟弟妹妹出生後，寵愛便被搶走。」

「呵，這就是長子的憂鬱。」

平塚老師挖苦地笑道。不過，我也不至於到憂鬱的地步。何況，現在家中最寵小町的人正是我自己。

這時，小町抬頭看向評審席。

「嗯，不知道擔任評審的戶塚哥哥看到這裡，有什麼樣的感想？」

一直靜靜看著我們的戶塚思考半晌，露出燦爛的笑容回答：

「嗯……聖誕節收到書本，真的是很棒的經驗！」

好，我決定今年的聖誕節要送什麼禮物了！就送書吧！那麼，要送什麼書……既然戶塚在打網球，挑選和網球有關的書當然比較好，或是送童話書和世界名著也不錯，我個人推薦《小王子》。那麼，取兩者的中間值，送他《網球王子》吧！非常好！

我在腦中胡思亂想的同時，戶塚的訪問告一段落，小町把鏡頭拉回對決現場。

「好～非常謝謝戶塚哥哥的感想！那麼，我們馬上進入最後一題！」

她再度演起話劇。

「『這一陣子，老公回家的時間特別晚。他該不會是……在外面偷吃？』這種時候你會怎麼做？請把答案寫在板子上！」

由比濱仍是老樣子，一個勁兒地沉吟；雪之下顯得很平靜，但不時露出不懷好意的笑容；平塚老師不斷碎碎念，還緊握拳頭，把關節按得劈啪作響。真不想跟她們坐在一起……雖然現在說這個，只是放馬後砲罷了。

我迅速將答案寫下，暗自祈禱這段時間趕快結束。不久，小町攤開雙手宣布：

「時間到！好，請大家一起亮出答案！」

「很頭痛。」

由比濱的說法也很教人頭痛。

「追打到底。」

雪之下的聲音跟刀刃一樣銳利。

「鐵拳制裁。」

平塚老師緊握拳頭。

「勒索高額賠償和贍養費後離婚。」

我念完答案後，小町環視所有人的答案板，頻頻點頭。

「嗯、嗯，大家都寫出答案了呢～」

她逐一檢視每個人的答案，我跟著掃視一圈──然後，視線在某塊答案板停下。

「追打到底是什麼意思……感覺超恐怖……」

雪之下不明白我的疑問，把頭偏到一邊。

「哎呀，我不小心把『追問到底』寫錯。沒關係，兩者很接近。」

她說完還笑一下。恐怖！太恐怖了！不只是我，連戶塚、由比濱，甚至是平塚老師都有點被嚇到。

不過，以小町的觀點而言，那個答案似乎成立。

「除了哥哥之外，大家的答案都不錯。那麼，現在公布小町心目中的標準答案！」

小町掀開自己的答案板。

「『相信他』──這是幫小町自己加分用。」

這個走圓滿大結局路線的答案，在女生間掀起「喔～」的讚嘆。想不到一個國中生會悟出這種道理，或者說正因為小町是國中生，仍然對愛情擁有美好的想像？雖然兩者都說得通，但要是真的被丈夫背叛，這個答案想必會讓她痛苦至極。

我不認為「相信」在任何情況下都是好事。不相信，亦即「懷疑」，是防衛自我內心的措施。解除這道防衛措施，等於平白無故地傷害自己。

「那樣真的好嗎？」

我語帶勸誡和否定，小町把頭歪向一邊裝可愛。

「嗯~~小町喜歡的人不太可能在外面偷吃，而且總是在奇怪的地方異常執著；再加上他是一個彆嬌，所以應該不需要擔心。」

「原來真的有那種人……」

我的妹妹是傻瓜不成？在奇怪的地方異常執著，又是一個彆嬌，那種莫名其妙的傢伙肯定不是什麼好東西。拜託眼光好一點行不行？

「就是有喔。」

小町難為情地淺笑一下，隨即恢復高昂的興致。

「好，接下來即將進入最終對決！」

令人心跳加速的「新娘度大對決」，終於要進入最後一回合。

所以說，「新娘度」到底是什麼？

× × ×

我被留在家政教室，放空腦袋枯等好一段時間。

戶塚剛才特地撥出社團活動的時間來看比賽，現在已經回去練習。他無法看到大家穿上婚紗的樣子固然遺憾，我看不到他披上婚紗，更是遺憾得雙眼快流下血淚……不，燕尾服也沒關係！倒不如說我也想看他穿燕尾服！

我獨自無聲地吶喊到一半，聽到喀啦喀啦的開門聲。

小町穿著婚紗走入。

她身上的婚紗不是傳統款式，下襬的長度非常短，有如迷你裙。質料本身也非純白色，而是略顯搶眼的黃色，強調她健康活潑的可愛一面。

小町換上那身裝扮，興致變得更高。

「最後是讓人高興又害羞的新娘婚紗對決！為了配合這場比賽，小町也特別換一套衣服。哥哥，快看快看！」

「很好看很好看，妳是全世界最可愛。」

小町聽我這麼說，失望地垂下肩膀，聲音也失去精神。

「又來了，又在敷衍小町……好吧，沒關係。現在馬上請結衣姐姐出場。」

她向門外出聲後，大門小心翼翼地開啟。

由比濱把頭探進來，不太有把握地四處張望一會兒，才做好覺悟踏入教室。

她身上的粉紅色婚紗散發華麗的氣息，跟髮色非常搭配。由於下半身是迷你裙長度的蓬蓬裙，我這才注意到她的雙腿纖細得超乎想像。下襬蓬起的裙子在腰部隨身體曲線縮緊，再繼續往上看，大膽敞開的胸前點綴著亮片和金銀線條，耀眼得讓人難以直視。

由比濱不知是因為緊張，還是不習慣身上的婚紗，走起路來有些僵硬。她跟我四目相交時，還害羞得漲紅臉頰，彷彿真的很不好意思。那種尷尬的感覺有傳染性，妳可不可以別再偷瞄這裡……

由比濱好不容易走到小町身旁，立即鑽到她背後。

「請問……小、小町，這套婚紗是哪裡來的？」

「喔～～祕密♪」

小町故作神祕地眨眨眼睛。不過，那些衣服八成是她跟參與企劃的婚紗公司借來的。我妹妹準備得真是周到。

「那麼，接下來是雪乃姐姐！」

這次，大門無聲地開啟。雪之下靜靜走進來，不發出半點腳步聲。

所有人看見那幅景象，都倒抽一口氣。

潔白的婚紗畫出流暢曲線，勾勒出雪之下的身材；裝飾在胸前的花朵頗為顯眼，和緩的曲線往下延伸，在腳部華麗地分開，有如人魚的尾鰭。此外，從頭頂蓋下的長薄紗，像是積在烏黑頭髮上的白雪，不但沒有掩蓋白皙的皮膚，反而用溫柔包覆的方式更加突顯其豔麗。

我透過薄紗看見雪之下低著頭，輕閉雙眼緩緩前進。

「為什麼連我也要穿……」她低聲抱怨。

雪之下似乎非常不高興。即使無法看得很清楚，我也感受得到那種氣息——沒錯，氣息。她頭上的薄紗飄動一下，揭露底下因為不滿和羞愧而漲紅的臉龐。

「喔喔，她生氣了……那片薄紗也掩蓋不住她的本性……」

「……你說什麼？」

雪之下冰冷又充滿魄力的目光穿透薄紗，朝我直射而來。聽說女生從披上白色和式禮服的那一刻起，便要藏起象徵憤怒的頭角，面紗不知是否也有相同的效果？至少以雪之下的情況而言，我看不出有什麼效果。

雪之下走到由比濱身旁，停下腳步，小町十分滿意地欣賞她們兩人。

這麼一來，只剩下最後一個人。

「好，讓我們歡迎壓軸的平塚老師登場～♪」

小町的語氣較先前放鬆不少。聽她介紹的語氣，我開始擔心接下來的不是壓軸，而是一記麵包球。

不過，外頭的人絲毫不在意，輕輕打開教室大門。所有人一見到她，不要說是倒抽一口氣，甚至連呼吸都忘掉，整間教室頓時悄然無聲。

一位美女緩步進入教室，優雅地闔上雙眼，拖著垂至地面的長紗謹慎前進。

儘管小町幾秒鐘前念過名字，實際看到對方經過面前，她仍驚訝得雙眼圓睜。

「……這個人是誰？」

尚未回神的小町勉強擠出這句話。坦白說，我自己也在納悶相同的問題。

平塚老師將原本瀑布般的黑色長髮紮成一束，盤在偏高的位置。流瀉而下的細緻蕾絲薄紗披在裸露的背上，卻又藏不住頸部到肩胛骨一帶的優美曲線。

婚紗本身屬於偏古典風格的傳統款式，也因為如此，老師身上的每一個部位顯得更動人。純白色手套強調美麗修長的手指，長裙突顯纖細的腰身；平口式婚紗上的簡約裝飾，則襯托出緊緻的肌膚和豐滿的胸部。

「平、平塚老師好漂亮……」

「平常就維持這個樣子不是很好嗎……」

看來對同性的人來說也一樣，由比濱和雪之下都不禁驚訝和感嘆。

「……怎麼樣？比企谷，我是不是很厲害？」

平塚老師轉過頭，對我露出天真無邪的得意笑容，有如惡作劇大成功。那個笑容也填滿婚紗唯一欠缺的角落。

這種時候，真希望自己好歹能說一句中聽的話，可惜我看得太入迷，完全忘記要開口。回過神時，只能搔搔臉頰掩飾自己的尷尬。

「啊，嗯……那個……真的……很美麗。」

我好不容易擠出隻字片語。老師聽了，連眨好幾下眼。

「……真、真的嗎……謝、謝謝。」

老師用手裡的捧花遮住臉，難為情地咕噥。她害羞到耳根子發紅，那模樣之可愛，跟實際年齡完全不合。我真的搞不懂，為什麼這樣的人結不了婚……

由比濱、雪之下、平塚老師三人到齊，為新娘婚紗對決畫下句點。所有比賽通通落幕後，小町大聲宣布：

「現在，發表比賽結果～」

她幫自己拍起手，於是我們跟著零零落落地拍手。

小町滿意地點頭，掃視家政教室一圈，目光從堆在水槽的餐盤移到答案板和簽字筆，最後落在穿著婚紗的三個人身上，最後帶著苦笑開口：

「嗯，總覺得大家都不及格……所以，這次比賽的優勝者是小──」

「……」

小町正要說出下一個字時，忽然察覺到充滿魄力的視線。那道視線緊迫盯人，強烈警告她不准念出那個字。小町看往視線的來源，發現平塚老師的雙眼滿是殺氣，如同在告訴她：「我是來真的！」

不過，小町沒有屈服。

「優、優勝者……」

「……」

她把臉別開，逃避老師的眼神，但額頭上還是不斷冒出冷汗。

「是……是……」

「…………」

最後，小町終於敗給老師的魄力，無奈地垂下肩膀，用蚊子般的聲音宣布：

「優、優勝者是……平、平塚老師……」

她吞吞吐吐地說完，平塚老師馬上露出耀眼的笑容。我說老師，您好像有點太高興……

「咦？真、真的嗎？哎呀～哈哈哈～想不到我竟然贏了！看來我距離結婚不遠了吧！」

老師擺出什麼事也沒發生的樣了，由比濱只能「啊哈哈」地陪著苦笑；雪之下則不知道該說什麼，微微嘆一口氣；至於小町，她哭哭啼啼地跑過來，一把鼻涕一把眼淚地向我哭訴：「好可怕……好可怕喔……」

「乖，不哭不哭。」

我撫摸小町的頭安慰她，同時想起一件事：平塚老師正是因為這一點，才遲遲嫁不出去……

由比濱看著一個人喜孜孜的平塚老師，似乎想到什麼，忽然拍一下手說：

「啊！這是難得的機會，大家來拍合照吧！」

「喔，好主意！哥哥，快來快來～」

小町聽到這個提議，馬上恢復笑容。小町啊，哥哥當然知道妳在假哭，但請妳努力多裝一下好不好……她推著我的背，要我跟大家一起照相。

「不要推……」

我被推到染上黃昏色彩的窗前，站在那裡的雪之下迅速避開，準備退到一旁。

「我不要。」

然而，擋住去路的由比濱抓住她的手。

「別這樣嘛，小雪乃也來～」

「不要貼這麼緊……」

由比濱把雪之下拉回正中間，又捉住我的袖子，把我拉過去。

「別拉好不好……」

「沒關係沒關係！」

她帶著開心的笑容，更用力勾住我跟雪之下的手。

「準備好了～要照囉！」

小町設定好手機的相機定時器，按下快門後，迅速奔過來加入我們。

「偶爾這樣不是也不錯嗎？」

身旁的平塚老師溫柔地這麼說，輕輕把手放到我的肩膀上。好吧，偶爾一下的確不錯。對了，之後要記得把照片傳給戶塚看。

喀嚓——夕陽時分的家政教室內響起快門聲。

×　×　×

新娘度大對決落幕後的某個星期五深夜。

吃完晚餐後，父母親早早就寢，客廳只剩下我跟小町兩人。

小町在廚房洗碗盤，我則窩在沙發上，配著鏗鏗鏘鏘的碗盤碰撞聲，開啟筆記型電腦趕工。我差點把自己得撰寫雜誌專欄一事忘得乾乾淨淨，幸好明天是假日，

不用去學校上課，今天可以開夜車，專心把稿子寫完。

聽說哺乳類動物原本習慣在夜間活動。我是哺乳類動物的一員，怪不得每天都到晚上才開始有精神。老實說，我也好想哺乳。

我盯著完全空白的頁面，思考該如何下筆。距離截稿已經進入倒數計時。嗯？你問我前幾天在幹什麼？不是那樣的，你誤會了～是我一直沒有靈感啦～你知道這種感覺嗎～還是不知道（註10）？其實，我自己也搞不清楚。好啦，怎樣都好，趕快把專欄寫完就是了！

我打幾個字便消去，打幾個字便消去，這個過程重複不知多少次後，腦袋裡的文思快被耗盡。我三不五時便停下敲鍵盤的手，苦思內容和修辭，結果耐不住手癢，分心玩起「艦隊Collection」（註11）的時間便超過做正事的時間。

今天只能到此為止嗎……

正當我即將放棄掙扎的那一刻，放在遠處餐桌上的手機發出震動，告知有人打電話來，可惜我現在沒有餘力接聽電話，索性不予理會。

這時候，小町關上水龍頭，用毛巾擦乾雙手走出廚房。途中，她順手拿起手機拋過來。

註10　此處原文為「わかるかなー？わかんねーだろなー？」這句話出自單口相聲家松鶴家千とせ的知名段子。

註11　由角川遊戲開發、DMM.com提供及營運的網頁遊戲。

「哥哥，電話！」

「嗯。」我應聲接住手機。

好吧，既然小町都幫忙把手機拿過來，我沒有理由不接聽。

手機螢幕上顯示的來電者是由比濱，她打電話來的目的可想而知。我把手機夾在肩膀接聽，同時繼續敲打鍵盤。

「喂？」

『啊，你的專欄寫好沒？』

不出所料，由比濱是打來催稿。如果我寫完，早就把檔案寄出去了好不好……

「專欄哪有這麼好寫。妳的部分已經完成了嗎？」

『嗯，我是負責畫插圖，彙整工作由小雪乃負責。現在只等你寫好專欄便能完工。』

由比濱畫插圖，雪之下排版──如此分配工作，的確能讓每個人發揮專長。

話說回來，聽到現在只剩自己尚未交稿，便覺得肩膀上的壓力大得不得了，這樣只會使我更加拖拖拉拉……

由於對她們兩人過意不去，我不禁陷入沉默。這段空白的時間裡，聽筒傳來某人微弱的聲音。

『他寫好了嗎？』

那個聲音很像雪之下。難道由比濱今晚在她家過夜？那兩個人真要好。

『咦，妳說什麼……喔，好。她問你寫好了沒？』

由比濱的聲音還是很清楚。看來她那裡的話筒連遠處雪之下的說話聲都收得到。

「還沒。」

『他說還沒……嗯，我問問看。』

由比濱正在跟雪之下對話，所以在我聽到答覆之前，隔了一點時間。

『她問你什麼時候能完成？』

「我也不知道……還有，妳不覺得這樣傳話很麻煩嗎？」

這種時候玩傳話遊戲，豈不是多此一舉。

接著，我依稀聽到她們的對話：「可以換我聽嗎」、「啊，好」。

『喂？』

「嗯。」

現在換雪之下聽電話。仔細想想，這可能是我頭一次在電話中跟她交談。雪之下單刀直入地詢問：

『你什麼時候能完成？』

她的聲音跟平時一樣冰冷，我不自覺地支吾起來。即使是在電話中，雪之下依舊帶有不容分說的魄力。

「這、這週內……」

出於只有自己進度落後的罪惡感，我回答得有點心虛。下一秒，聽筒傳來一聲輕嘆。

『今天已經是星期五，我能否把「這週內」解釋為今天？你知不知道截稿日是什麼時候？』

「星、星期一……」

『對，下個星期一。我先空下你的專欄部分，繼續進行後面的工作。你寫完的話，盡快寄過來。』

「知道了。那要寄到——」

『先這樣。』

雪之下不等我說完便切斷電話，只剩下「嘟……嘟……」的電子音在耳畔迴盪。我看著手機嘟噥：

「不告訴我電子信箱，是要我寄到哪裡……」

照這樣看來，不管我再怎麼趕工，勢必都得等到下週一才能交稿。沒辦法～我也不希望這樣啊～誰教雪之下不好好把我的話聽完，跟不在截稿日交稿的我算是半斤八兩。

勉強打發掉催稿電話後，整個人感覺輕鬆不少。我鬆一口氣，將手機扔到一旁，稍微活動肩膀。

不過，我並沒有爭取到太多時間，最好還是盡快解決這件麻煩事。

我繼續埋頭跟專欄內容奮戰，工作到半途，忽然有人遞上咖啡。

抬頭一看，原來是小町。她端著兩個杯子站在旁邊。

我心懷感激地接下咖啡，小町跟著坐到身旁。看來她還不打算睡覺，要一直待在這裡。

「妳不用等我。」

畢竟我也不知道這份稿子何時才能完成，甚至可能得用掉整個夜晚。小町聽了，輕輕搖頭說：

「沒關係，小町想等著看哥哥的專欄。」

「……隨便妳。」

好吧，反正明天是假日，今天稍微熬夜應該沒關係。

我喝一口咖啡，繼續敲打鍵盤。

如果只有自己一個人，很容易慢慢鬆懈下來；但要是身旁多了等待的人，便只能乖乖努力。

我為了盡快完成專欄，在文章內塞一堆充字數用的無意義字句。隨著時間經過，終於累積出可觀的篇幅。

夜深人靜，喀噠喀噠的鍵盤聲不絕於耳。除此之外，只剩下水珠偶爾落入水槽的滴答聲。

不知道經過多久，沉默中摻雜了微弱的呼吸聲。

我已寫得差不多，即將進入結尾，轉頭看向身旁，小町已經支撐不住，開始打盹。

她的頭靠上我的肩膀，形成甜蜜的負擔。有那麼一瞬間，我跟著閉上眼睛。

然而，僅有那麼一瞬間。

我放慢速度，謹慎地避免吵醒小町，在鍵盤敲下浮現於腦袋的最後一段文字：

不論是結婚還是將來，我們不可能知道以後會變得如何。

即使做好萬全準備，照樣有新的麻煩找上門，此乃世間常理。

不過，大家還是擁有渴望幸福的權利。

為了該來的那一刻，我們絕不能疏於努力。

結論：全天下的女性應該即刻尋找立志成為家庭主夫又有前途的男人。

S.S. 2

Short Story ②

不用說也知道，比企谷八幡的溫柔相當扭曲

秋意漸深，樹葉開始換上新的色彩。季節正一點一滴地緩慢交替，最近我所處的侍奉社也有些改變。

「千葉通煩惱諮詢信箱～」

帶頭呼口號的由比濱不知在興奮什麼，她接著自己拍手炒熱現場氣氛，但我跟雪之下的眼神很冷淡。

最近我們社團的小小改變，就是平塚老師心血來潮增加的活動——回答來自各地的煩惱諮詢信件。

由比濱延續先前的亢奮，開始讀今天的第一封信。

「首先呢，是來自千葉市內，筆名『我很不安』的朋友。」

這個人不知道「筆名」是什麼意思嗎？不管怎麼看，他的筆名都是信件標題才對。我敢說，他一定屬於看到說明書上註明「請仔細閱讀本說明書」，還是不肯認真

看的那種人。哼，連規則都不好好遵守的傢伙，休想要我們回答諮詢的問題！唉，真是一點幹勁都沒有……

〈筆名「我很不安」的煩惱〉

『網球社的學長學姐完全退下第一線，由我接任社長。我應該怎麼做，才能帶領大家一起往前跑呢？如果有什麼必須注意的事情，請務必告訴我。謝謝你們的協助。』

……喔～呵呵，我瞭解了，原來這個人很可愛地不小心在筆名欄打入標題。真是的，竟然會犯這麼可愛的小錯誤，他一定不安又可愛得不得了。

「好，我要認真回答！」

「為什麼你突然有精神……」

我不理會由比濱的驚訝與無奈，迅速思考起解決之道。

「那麼，首先是同樣擔任社長的雪之下，妳怎麼看？」

「嗯……如果不介意我發表個人看法……」

先前一副事不關己的樣子、專注於閱讀的雪之下被叫到名字，便闔起書本，開始動腦思考。

「想要支配眾人，得從展現比別人優秀的一面做起。取得高位後，便要開始打壓、告密，以求整肅異己。做到這個程度，應該能維持一年的短期政權。」

她面帶笑容說出這種話，實在太恐怖了……

「嗯～～但是不知道實際上又會如何。雖然『領導能力』這個字很好聽，做太過頭的話，也會引起大家反感。」

「的確。例如某個社團的社長不但缺乏領導能力，還獨斷獨行、目中無人，外加聲望低落。」

「你說這句話的時候，能不能不要看著我……」

雪之下轉趨不悅。想不到她很清楚自己是什麼個性，說不定還很在意……在意的話，為什麼不改一改？

「總、總之，領導者也有很多種。對吧！」

由比濱幫忙緩頰，並且開始回信。

〈侍奉社的答覆〉

『社長不是一定要站在最前面帶領社團，接受社員的幫助也是一種方法。另外，記得自己不要跑得太前面，以免後面的人跟不上。加油！』

好，第一封信處理完畢，由比濱繼續讀第二封信。

「嗯～第二封信是……來自千葉市內，筆名『劍豪將軍』的朋友。」

怎麼又是那個傢伙……這會害我高興地以為煩惱諮詢單元出現忠實觀眾，拜託你別再寫信進來。

〈筆名「劍豪將軍」的煩惱〉

『最近網路上謠傳只要會寫日文就能通過輕小說新人獎初選但實際上是騙人的。

因為這是我的經驗。請告訴我要怎麼樣才能通過初選麻煩盡量詳細。』

雪之下看完信，浮現疑惑的表情。

「他應該從訂正這封信的日文做起……」

「這個人到底在說什麼，義大利？」

由比濱跟著抱怨。但如果論語文能力，我看妳的程度跟他差不多吧。

「簡單說來，他要問的是如何才能拿到新人獎，正式出道。」

我翻譯完畢，瞄一眼由比濱，暗示她提供建議，卻被她回以不甘願的表情。

「咦～～這應該是你負責的吧？你來回答。」

雪之下也點頭同意。

「不留情面的指正也是一種溫柔。」

她說完要說的話，視線又落回手中的文庫本。

嗯……好吧。我在腦中構思回覆內容，把筆記型電腦拉過來，開始敲鍵盤。

〈侍奉社的答覆〉

『那純粹是不認同你的初選評審跟編輯部有眼不識泰山。請你抱持自信，繼續貫徹自己的路，千萬不要放棄，追逐夢想到最後一口氣，永永遠遠努力下去。』

打完這一串字之後，我滿足地吐出一口氣。本則回覆的重點在於，故意把「最後一刻」寫成「最後一口氣」。

「喔～自閉男好溫柔。」

S.S. 2

「……對人溫柔，真是一種殘酷。」

天真的由比濱看完我的回覆內容，驚訝地說道；雪之下則面帶悲傷，垂下視線。

總之，溫柔的背後一定有詐。

onayami
soudan mail

from: 劍豪將軍

最近網路上謠傳只要會寫日文就能通過輕小說新人獎初選……

B.T.

BONUS TRACK！比企谷小町的計謀

本BONUS TRACK是由《果然我的青春戀愛喜劇搞錯了》活動限定特別廣播劇CD「比企谷小町的計謀」改寫而成，CD內容是銜接第三集本篇與BONUS TRACK「像這樣的生日快樂歌」之後續。

「我為玩樂，生於此世；我為遊戲，生於此世……」

這是平安時代的和歌集《梁塵祕抄》收錄的一段文字。由此可見，人們來到這個世界，正是為了玩樂。照這樣說來，人生即為遊戲，世上一切皆為遊戲。

然而，這些「遊戲」所指的究竟為何物？

即使翻遍全世界，我們也找不到比「遊戲」擁有更多意思、定義更加曖昧不明的字眼和行為。

舉例來說，聽到「哈囉～這位大姐姐，我們一起上哪玩玩吧」，我們只會覺得

「這個現實充趕快去死」；聽到「你只是隨便跟我玩玩對吧」，還是只會覺得「這個現實充趕快去死」。

抱持遊玩心態做出的料理，十之八九會變成悲劇；挑戰什麼事物卻以失敗收場時，人們也會用「只是玩一下罷了」替自己辯解。

由此可知，「遊玩」不是什麼好事。

換句話說，如果人生以遊樂為目的，但因為遊玩不是什麼好事，故可得證這樣的人生不會好到哪裡。

《梁塵祕抄》真不簡單，可以輕易預料到只知玩樂的人生不可能有什麼好下場。後白河法皇（註12）的頂上果然沒有白禿，想必是太過操勞才會禿成那樣子，應該跟布魯斯威利、尼可拉斯凱吉並列為「世界三大禿頭帥哥」。

禿頭是帥氣的同義詞，禿頭代表社會地位——我認為植入這種觀念比植入頭髮還有可行性。

總歸一句，從「遊玩」這個字眼到其所指涉的行為，當然必須接受檢視。成天只知道遊玩的人，會發生什麼事？他們距離悲慘的未來，想必已經沒有太遠。

可是當我們綜觀歷史，又會發現這段文字：「遊人（註13）練到二十級，可以轉職

註12 出家後的後白河天皇，《梁塵祕抄》的編者。

註13 曾於遊戲「勇者鬥惡龍」登場的職業。

為賢者。」

所以，該怎麼說……稍微玩一下，大概沒有關係吧……

×　×　×

儘管說不上臨時起意，反正在如此這般之下，我們決定為由比濱舉辦慶生會。參加者包括由比濱、雪之下跟我，還有半路遇到的戶塚、傳簡訊約出來的小町，以及基於人道考量決定讓他加入的材木座。

我們一行人去KTV唱歌，結束時不慎撞見禁忌的一幕──一名年約三十歲的女性教師被趕出聯誼會場，為了打發時間，隻身來到同一間店唱歌。不僅如此，她點的還是演歌……這名年約三十歲，積極參加聯誼活動，又會唱演歌的女教師被我們發現，立刻哀號著落荒而逃。

雖然正值梅雨時節，但傍晚的空氣已不太悶熱，從陸地吹向大海的風非常涼爽。女教師的慟哭乘著風，傳入我的耳朵。

「好想結婚……」

整條夜晚的街道，迴盪著她簡單又純粹的願望。

我完全分不出這算是都卜勒效應，還是類似「動感小子（註14）」的遊戲，總之那

註14　一九九六年以Play Station為平台的RAP節奏遊戲。

好想結婚……

聲音一直圍繞在耳際，久久消散不去。我的視線也變得模糊，胸口跟著揪痛。這是怎麼回事，難道我受到芥子毒氣攻擊？

在場似乎不只有我感到心痛，其他人同樣看著平塚老師消失的方向。

大家隔了許久都說不出話，最後是我們當中最正常的戶塚擔心地開口：

「平、平塚老師哭著跑走了，她會不會有事呢……」

不愧是溫柔的戶塚，我真的覺得他很溫柔。戶塚提心吊膽地盯著老師跑過的轉角，深怕她真的會怎麼樣的表情超級溫柔（主要是個人觀點）。

相較之下，答腔的語氣既冰冷又嚴峻。

「老師都是個大人了，應該不會有什麼問題。」

雪之下輕撥頭髮，冷靜地說道。唉，要是她閉上嘴巴，看來明明很不錯……不過，她說的沒錯，而且非常正確，連我自己也忍不住同意。

「是啊。以年紀來說，她可是超級成熟的大人。」

我是認真的。老師毫無疑問是很棒的大人，拜託快來人把她娶走吧。

「唔嗯，無懼死亡說出這句話，勇氣可嘉……人類的讚歌，就是勇氣的讚歌（註15）！」

材木座帶著戰慄的表情，拭去額頭上的冷汗，接著有如全身著火似地放聲大叫，真是煩死人了。

註15　出自《JoJo的奇妙冒險》角色威廉・A・齊貝林的台詞。

「不過，今天的慶生會真的很棒！」

小町一個閃身，化解現場的沉重氣氛。不愧是比企谷家的最終溝通兵器，有辦法輕鬆迴避大家避之唯恐不及的材木座。

社交技巧建立於配合別人臉色的由比濱也露出笑容。

「小町還有各位，今天非常謝謝你們！」

小町同樣回以由比濱笑容。

站在幾步之外靜觀事情發展的雪之下，此刻終於鬆一口氣。其實，她的內心想必一直七上八下。

這時候，如果用視線告訴雪之下「辛苦了」，只會破壞她難得的好心情。因此，我默默把這句話收回心裡。

只要由比濱滿意今天的慶生會便相當足夠。

再說，這段時間對我來說，也不全然是枯燥的時間。

「玩得太快樂，一不小心便忘記時間呢。」

聽到戶塚這麼說，我跟材木座不約而同地看看現在幾點。

「唔嗯，經你這麼一說，確實已經晚了。黑暗時刻即將到來……」

材木座凝望西邊染成一片紅蓮的黃昏天空。我很清楚自己只要開口答腔，便得跟他一路耗到天黑，所以選擇直接忽略。

「那麼，我要回家啦。再見。」

「啊，好。再見。」

由比濱輕輕揮手，目送我離開，我也舉起一隻手回應。這時，視線一隅的小町想到什麼，雙眼一亮，匆匆跑到由比濱身旁。

「對了，結衣姐姐～」

由比濱見小町忽然挨近，頭上冒出問號。小町不管那麼多，開始低聲滔滔不絕。那傢伙又打算做什麼……我懷著不好的預感，緩緩踏上歸途。然而，她說的話還是傳入耳裡。

「真的就要這樣解散嗎……雖然由小町這麼說不是非常妥當，但哥哥會踏出家門，這是非常稀罕的大事……下次想再看到哥哥出門的話……（瞄）」

小町故意看我一眼。由比濱似乎也開始思考，揮手的速度越來越慢，最後完全停下來。

「再見……啊！等、等一等！」

她啪嗒啪嗒地追上來。

「我、我們再多玩一下嘛～」

「咦～可是我們家的門禁很嚴耶。」

受到邀約時，總之都先拒絕再說，此乃獨行俠的固有行為模式，亦為本能的迴避反應。你想想看，要是國中同學純粹出於社交禮儀，詢問是否參加同學會，自己卻回答「好，我要參加」，對方肯定會苦笑著說「啊，你要來啊……」，這樣豈不是很對不起他？既然對方為自己著想，自己當然也要為對方著想，這是大人之間的應對禮儀。

然而，由比濱前來邀約似乎不是出於社交禮儀。她聽到我的回答，轉頭向小町確認真偽。

「真的嗎？小町？」

「沒有喔，我們家沒有門禁。」

小町搖頭否認。畢竟比企谷家採取放任主義，而且父母親每天忙得要命，不可能在這個時間回到家。

下一刻，某人發出微弱的嘆息。

「在自己的妹妹面前說那麼明顯的謊，該說是沒有大腦，還是臉皮太厚……反正平常幾乎沒有人約你，這次何不欣然接受？」

雪之下的語氣中滿是無奈。可是，妳覺得我被那樣說之後，有可能改變想法嗎……邀約的技巧未免太差勁。

「別忘了我家還有一隻貓，我得趕快回去照顧牠。」

面對差勁的邀約，當然要用差勁的藉口回絕。

雪之下頓時停下動作，臉上閃過一絲猶豫。

喵——耳邊傳來貓的叫聲。這個叫聲大概出自我的口中，或是雪之下的腦中。

接著，雪之下點點頭。

「好吧，既然家裡有貓，那也沒有辦法。」

「小雪乃怎麼接受了！貓、貓不會有問題啦！不、不是說寵物跟自己的主人很像嗎？所以放牠在家裡應該也沒關係！」

「喂，最後那句很多餘。」

我跟小町的確很擅長獨處，甚至有點希望別人不要多管閒事。因此，那句話基本上沒有錯誤，只不過聽起來有點像我們不適應社會或「人間失格」。

儘管我如此開口，由比濱卻完全沒聽進去。她還拉著雪之下的衣袖，淚眼汪汪地懇求。

「好啦～再玩一下啦～大家都會去嘛～」

「什麼時候變成大家都會去……妳說的『大家』是不是也包括我？」

雪之下為由比濱擅自決定她的行程表達抗議，但由比濱理所當然地挺起胸脯大聲宣言：「這還用說！」

雪之下聽了，連眨幾下眼睛，稍微垂下頭，吞吞吐吐地小聲回應：

「是、是嗎……」

由比濱驚訝於雪之下的反應，略為擔心地看著她的臉。

「……難道說……妳不喜歡？」

「不……只是有一點驚訝。」

雪之下抬起臉搖幾下頭，柔順有光澤的秀髮跟著擺動，蓋住她泛紅的臉頰。

不過，站在雪之下正前方的由比濱不可能沒看見，而且她大概不小心看得出神，還微微嘆一口氣。

看來她們完全墜入愛河了。這幅景象宛如 Girlish Lover 般（註16）耀眼，我是在看什麼拼圖（註17）不成？

這時，開滿百合的空間中，又闖進另一朵百合。

「喔喔！那麼雪乃姐姐是可以去的意思囉？這樣可以幫小町加不少分！」

小町興高采烈地詢問。相較之下，雪之下的語氣顯得頗為冷靜。

「嗯，既然是由比濱同學邀請，我說什麼都不可能擺脫，乾脆一起去吧。」

「萬歲～～自閉男，你也來吧！」

由比濱得到雪之下的助力，立刻信心大增。

接著，意想不到的人也來幫腔。

「沒有錯，八幡，做好覺悟吧。只要你去，我就去！」

「你未免太喜歡我……」

我竟然受到材木座煩死人不償命的告白……總覺得這傢伙最近纏得特別凶，好恐怖——我是指隨時可能不小心承認對方存在的自己很恐怖。

然而，我好歹是男的，擁有自己的尊嚴、擁有自己的堅持、擁有自己的信念，

註16 動畫版《我女友與青梅竹馬的慘烈修羅場》片頭曲名。

註17 指漫畫《黃金拼圖》，內容描述五名少女愉快又熱鬧的校園生活。

不可能隨便收回說出口的話。

男子漢一言既出，駟馬難追。凡是說過不想做的事，我絕對不會做；說過要做的事，我則會視情況放棄不做。

最好不要看不起我。

為了讓生活更輕鬆，我願意不辭任何辛苦，所以在這種時候，當然得唬弄一下由比濱。

「我說妳啊，口口聲聲說要玩，請問究竟要玩什麼？缺乏目的的人生可是會白白浪費。就算自己的人生變成那樣，妳也不在意嗎？」

「為什麼要聽你說教……」

由比濱露出不悅的表情。不過，我光是沒有在說教後揮拳揍人（註18），妳便該心懷感激。話說回來，看到她一副「真是服了你」的樣子，可見我的擾亂戰術已經奏效。

我稍微放下心，雪之下則撫著下顎偏頭獨自低喃：

「……有道理。經你這麼一說，『遊玩』確實是缺乏具體內容的字眼。」

小町聞言，豎起食指望向虛無的天空開始思考。

「嗯……說到遊玩，便想到捉迷藏、鬼抓人之類充滿童趣的純真遊戲。這樣是不是能幫自己加分？」

註18 指《魔法禁書目錄》的主角上條當麻。

「開口閉口都是點數、點數（註19），有完沒完？妳是便利商店的店員嗎？我才沒有什麼集點卡！」

每次被店員這麼問，我都為自己沒有集點卡這件事萌生罪惡感，而且，就算我告訴店員「啊，不需要」，對方仍會親切地進一步詢問「要不要辦一張」，我只好再次回答「啊，不需要」。那個「啊」是怎麼回事？難不成跟英文的冠詞「a」一樣，非得接在最前面才行？

「紅綠燈、自由燈、牆壁鬼……嗯……還有……」

當我胡亂思考時，戶塚很努力地扳著手指，列舉各種遊戲名稱，導出「遊玩為何物」的答案。藉由找出不同事物的共同處，可以使真理顯現出來，這種思考方式非常值得贊許。而且戶塚思考時，嘴巴微微張開的模樣實在太天真可愛，於是我決定幫忙他。

「還有警察抓小偷跟閃電布丁。」

「那些不是都一樣嗎？」

由比濱張大嘴巴，不解地問道。什麼啦！妳就是一臉呆頭呆腦的，張開嘴巴才像個呆子。快點閉起來，不然我要丟東西進去囉！

我用死魚眼瞄一下由比濱，雪之下輕拍她的肩膀說：

「由比濱同學，妳要知道，比企谷同學幾乎沒有跟人遊玩的經驗，才想不出多少

註19　日文中分數和點數皆為「point」。

遊戲，妳應該多多體諒。」

經雪之下一說，由比濱才察覺，滿臉愧疚地對我道歉。

「啊，原、原來……對不起。」

「拜託別那麼鄭重地道歉，這會讓我忍不住想起自己的過去。」

還有，儘管雪之下似乎也為我著想，但實際上根本沒有這回事。妳為什麼有辦法笑著說出那種話？

「不過，哥哥以前的確從來不出去玩。」

「吵死了，我是活在未來的新人類啦！」

小町抓準機會，爆料我美少年時代的過往——其實就是中二時代的過往。

雪之下聽了立刻瞭然於心，揚起燦爛的笑容。

「畢竟獨自一人的話，沒辦法在外面跑跑跳跳玩遊戲。難怪你會被叫自閉男，『人如其名』說得對極了，真是至理名言。」

雪之下，妳太天真了，跟MAX咖啡一樣甜（註20）。不是我在說，妳怎麼會甜到那個地步——等等，用MAX咖啡形容，好像有點甜過頭，先下修為薩莉亞的義式冰淇淋好了。還有，MAX咖啡竟然比甜點還甜，到底是怎麼回事？

「哈！少瞧不起獨行俠，一個人當然也可以玩跑跑跳跳的遊戲。」

「沒錯。哥哥經常跟電燈拉繩打拳擊，還會站在三分線上把襪子丟進洗衣籃。」

註20 日文的天真與甜皆為「甘い」。

等一下，小町，為什麼要說出來？妳看，雪之下姐姐的表情陷入呆滯囉。

「所以現在還在玩是吧……你是笨蛋嗎……」

「沒辦法，誰教我每次都越玩越開心。」

坦白說，這些遊戲真的會越玩越開心，我這一陣子最喜歡的是用襪子投球。想像自己是第九局登場的守護神，登板投出漂亮好球終結比賽，簡直快樂得不得了。順帶一提，致勝的一球是彈指球。

我本來打算鉅細靡遺地說明比賽經過，但一想到大家會出現什麼反應，便決定作罷。連唯一瞭解我的小町都沒有興趣聽，逕自說道：

「那麼，先當做哥哥之後照樣會玩得很高興……好，我們走！」

「咦……」

總覺得她很順手地牽著我的鼻子走。

我反抗到一半，戶塚開心地靠過來說：

「那個，其實我也打算去……如果你一起來，我會很高興。」

「好，我們要去哪裡？要玩什麼？今天不玩到深夜絕不回家！」

什麼嘛，早點說好不好！我突然開始期待了！

「唔嗯，你的態度轉變之快，完全是超速變形……真是絕望的帥氣！」

材木座見我如此興奮，用力豎起大拇指。我差一點便做出同樣的動作，好在看到他的模樣後，立刻打消念頭。謝謝你，材木座。

「雖然感覺哪裡怪怪的……總之不重要，大家去玩吧！」

由比濱起初對我跟戶塚的互動不太釋懷，後來還是用力點頭，開心地拍手。

雪之下又開始偏頭思考。

「可是，我們要玩什麼？都已是這個年紀，總不可能再玩鬼抓人或扮家家酒……」

「那有什麼好奇怪，現實充也常常在教室裡玩扮家家酒。」

老實說，現實充們為各自分配角色，並努力表現出各角色該有的言行舉止，的確很像扮家家酒。如果他們是下意識地這麼做，或許稱得上是幸福的事，然而，如果他們意識到那種行為早已淪為固定形式，便是一件非常可憐的事。那種觀念將跟著他們一輩子，而且僅有抱持相同感覺的人才會理解。然而，他們也因為那種感覺而難以長期共處。

雪之下大概是理解我的意思，倏地笑道：

「哎呀，你難得說出這麼有道理的話。老是在教室裡玩捉迷藏的人，觀點就是跟大家不同。」

「沒什麼，我從以前就超會玩捉迷藏。小學的時候還曾經躲得太久，躲到大家回家了都不曉得。」

「這種才能真悲哀……」

雪之下按著太陽穴，無奈地嘆一口氣。看吧，我們果然無法共處。話題到此還沒結束，由比濱接著說：

「可是，你在班上也沒有藏得很好。一個人坐在那裡，反而更引來大家注意。」

「我的四面八方果然都是鬼……」

大家明明都當鬼，卻沒有人來抓我……八幡當然很清楚，二年F班同學的感情超好！除了我之外。

「八、八幡，不用擔心，你現在不是還有我嗎？我們還是趕快想想看要去哪裡，好不好？」

天使——啊，搞錯了，戶塚這麼為我打氣，像是在說「八幡，抓到你了」。此刻的我身心之舒暢，彷彿快要成佛……

「唔嗯，如果沒有什麼提議，不如去遊樂場？我很推薦喔。」

當我陷入沮喪時，依稀聽見某人好聽的聲音……先不管說話的人是誰，戶塚說的沒錯，我們應該盡快決定要去哪裡。

「你們覺得呢？」

「啊！遊樂場！原來還可以這樣。好啊好啊～小町要去遊樂場！」

小町似乎想到什麼，立刻高舉雙手贊成。

「嗯，而且離這裡很近。我上次跟八幡一起去的時候，也沒玩到什麼遊戲。」

「好，既然戶塚這麼說，就去遊樂場！我不接受其他意見。」

戶塚贊成小町的意見，我贊成戶塚的意見，雪之下跟由比濱也點點頭，沒有其他意見。

「咦？真奇怪，最初不是我先提議的嗎？」

唯有材木座落在後方嘟噥。我一邊說「好啦好啦」，一邊推他的背，一行人往附近的遊樂場前進。

萬歲！跟戶塚一起去遊樂場！真希望能再跟他拍一次大頭貼！

× × ×

遊樂場對高中生而言，是再熟悉不過的場所。在震耳欲聾的聲音中，情侶間的打情罵俏和好友們的捉弄笑鬧通通被掩蓋。置身人群中，可以使我們感受到孤獨，讓心靈恢復平靜。多虧這裡的嘈雜，每個人都平等地融入空間，對我這樣的人來說，也可以獲得身心的安寧。

「這裡真吵……那麼，我們要玩什麼？」

雪之下不熟悉這種環境，好奇地四處張望。這一點我可以理解。之前跟她去的LaLaport遊樂場屬於普遍級，主打輕鬆歡樂的遊戲機台，適合全家大小一同前往；這次來的遊樂場滿是高分貝的音樂和香菸煙霧，怎麼看都屬於保護級以上，雪之下應該是第一次見識。

「不如先到處看看吧。」

一直杵在原地不是辦法，於是我提議先進去繞一圈。

大家信步逛到一半，由比濱忽然發現什麼。

「啊，那個好像很有趣。」

「喔，的確很不錯！」

小町跟著看過去。

「唔嗯，麻將格鬥俱樂部……」

「喔～可以跟全國的玩家連線對戰。」

近年來的遊戲十之八九都講求連線遊玩。可是，越是注重收集要素的遊戲，不是越應該顧慮沒有朋友，或就算真的走出戶外（註21）也無處可去的玩家嗎……

「小町，妳要試試看嗎？」

「要～小町要跟結衣姐姐一起玩全國大賽！」

「不可以。妳們那麼強，還是算了吧。」

還有雪之下的姐姐雪之下陽乃，似乎很受牌的眷顧；至於那位叫川什麼的，用完全理論派打牌，想必會很可怕。照這樣看來，大家的麻將都超強的（註22）……

註21 指3DS遊戲「走出戶外 動物之森」。

註22 由比濱、小町、陽乃、川崎的動畫配音員，均有出演動畫「天才麻將少女」。其中陽乃的動畫配音員，與「天才麻將少女」中號稱「被牌眷顧」的宮永照相同；川崎沙希的配音員則與該作中完全理論派的原村和相同。

不可能知道我在想什麼的雪之下，站在遠處打量著遊戲機台。

「麻將是女生會玩的遊戲嗎？我怎麼不太有印象……」

「是啊，麻將感覺像男生玩的遊戲。大家打起來好有男子氣概，真帥氣……」

如同戶塚所言，一般人比較容易想像男生打麻將的樣子。例如畢業旅行的夜晚，隨便走進一間男生的房間，都會看到大家圍在桌邊廝殺。

我自己也有摸一點麻將，但程度僅止於知道「役牌」，對算分和策略一竅不通，而且又湊不到牌友。不過沒關係，還有電腦可以陪我打。

……糟糕，我的視線下意識地飄向那個熟悉的機台，被眼尖的小町逮到。她賊兮兮地笑說：

「啊，哥哥常玩的是那一個機台。只要玩家贏了，遊戲裡的人便會脫衣服。」

「笨蛋，住口！別在這種場合說出來！萬一被戶塚聽到該怎麼辦？」

怎麼可以把哥哥玩身心不健全遊戲的事情說出來，散播負面評價？

要是戶塚從此討厭我，或是紅起臉害羞地對我說「畢、畢竟八幡是男、男生，這也沒、沒有辦法……」，妳要怎麼補償我的損失？我要麼會想一了百了，要麼說不定會愛上給純潔無瑕的小女孩觀看無碼色情書刊的那種下流快感啊（註23）！

幸好戶塚沒有聽到小町的話，我這才鬆一口氣。但是在這一刻，雪之下冰水般的聲音直直刺中我的背。

註23　出自《幽遊白書》角色樹的名台詞。

「……請你多少顧慮一下我好不好？」

她不知是生氣還是愕然，用力瞪我一眼，好恐怖。我趕緊別開視線，正好看到由比濱對我招手。

「啊，快來看看，這裡也有不少女生在玩……咦，等一下……」

我看向她指的地方，發現一個散發哀愁氣息的熟悉背影。

「喔～今天的手氣真不錯，我真受牌神眷顧，但為什麼就是不受男人眷顧……喔，來了。碰，槓，神（註24）——我在說什麼～哈哈哈……哈、哈，唉……」

那名女性深深嘆一口氣，吐出的香菸煙霧遮住臉頰，但我絕對不會認錯。

「平塚……老師……」

由比濱萬分謹慎地開口確認。

看來平塚老師稍早在我們面前逃走後，找不到可以去的地方，索性來遊樂場打麻將。材木座站直身體，將手放到胸前如同致哀，戶塚也難過地垂下雙眼。

充滿歡樂的遊樂場內，頓時被一股沉重的悲傷氣氛籠罩。

天啊～～超不想跟老師搭話！

正當我猶豫該裝做視而不見，還是鼓起勇氣上前搭話，雪之下在背後推我說：

「快去，她是你的班導師。」

「別推啦。還有，別擅自塞這種工作給我行不行？」

註24 本句的日文發音和「ponkan 神」相同。

這是什麼時候決定的？就是因為起頭之後，接下來肯定會沒完沒了，我才討厭這種事。

我跟雪之下推來推去時，後方傳來某人的碎碎念。

「傷心的單身女教師……啊！這對小町來說也可行！而且人選當然越多越好……」

我轉過頭，看見小町扳著手指，不知道在算什麼。她得出結論後，迅速舉起手跑過來。

「儘管交給小町處理～」

她說完，馬上飛奔去平塚老師的身邊。

「她的臉上滿是笑容呢。」

雪之下說的沒錯，小町笑得很開心，而且那種笑容相當眼熟。

「每次她露出那種笑容，絕對不會發生好事……」

「嗯～～好像可以理解。啊哈哈……」

由比濱跟著苦笑。舍妹老是給妳添麻煩，真是抱歉。

「沒錯吧……雖然她的那一面也很可愛。」

「戀妹情結又出現了……」

由比濱露出「不知該怎麼說你」的表情。可是請不要誤解，我只是愛著自己的妹妹，跟戀妹情結大不相同。

小町躡手躡腳地從背後挨近平塚老師，用開朗的聲音開口。

「老～～師♪」

「嗯？哇、哇啊！原、原來是比企谷的妹妹……有、有什麼事嗎？」

平塚老師沒想到有人會來打招呼，嚇得整個人往後仰，凳子跟著發出「喀噠」聲響，那道美麗的弧線不禁讓我想像起她柔軟的背部。我認為後仰的背部超級引人遐想，雖然這是題外話就是了。

此刻的妹妹當然無從得知為兄者在想什麼，她搓著手貼到平塚老師身旁，打開話匣子。

「沒有沒有～其實啊，我們也正好來這裡玩，所以想說要不要請老師加入。而且，我們需要有人看好哥哥～」

「喔？嗯，這樣的話……我只好接下這項工作啦。」

老師被小町的三寸不爛之舌說動，欣然接受她的邀請。在遠處靜觀事情發展的雪之下鬆一口氣。

「看來她們談好了。」

「那麼，大家一起去玩吧！」

由比濱奔向平塚老師和小町，戶塚也開心地走過去，材木座則踩著笨重的腳步發動進擊。被留在原地的我跟雪之下面面相覷，同時嘆一口氣後，決定乖乖跟上。

× × ×

我們隨意環視遊樂場內的機台。

在昏暗的照明下，遊戲機的畫面亮得刺眼；高分貝的音樂中，不時夾雜角色的說話聲。

其中某個機台的音樂格外突出。

「喔！這個賽馬機如何？」

材木座的叫聲不亞於機台的音樂。可惜他的鬼吼鬼叫，我只覺得厭煩。

「賽馬遊戲喔……」

「嗯？你怎麼興趣缺缺的樣子。廢物男不是最喜歡賭博嗎？」

平塚老師訝異地問道。

「我早就下定決心不碰賭博，而且，我才不是廢物男……」

我的成績還不錯，上課時很安靜認真——雖然這是因為沒有聊天的對象。出於這個緣故，每次分組練習英文對話，隔壁的同學都只管埋頭玩自己的手機，永遠不肯理我，除了「慘烈」兩字，我想不出其他的形容詞。好歹問一下「不練習也沒關係對吧」行不行？不過，即使對方真的問了，依然改不了慘烈的事實。如此慘烈的現況使我不只是英文，連日文都一樣慘烈。

與其說是廢物男，我覺得自己更像廢物人。

這麼想的不只有我一個人，雪之下也發出嘲笑說：

「我看你的人生就是一場賭博，賠率一定很高。」

「不要低估我的人生勝率，家庭主夫的志向不是超安全嗎？」

「哇，賭超大耶……」

由比濱露出戰慄的表情低喃。

妳們錯了，我不過是還沒遇到命中註定的另一半……

我沒有錯，錯的是命運。一定是這樣。

「不然，那個怎麼樣？」

什麼，命中註定的另一半出現了嗎？不，原來是戶塚在說話。他手指著一排推幣機。那種推幣機是玩家從上方投入代幣，想辦法使下方的代幣堆倒下，好贏得那些代幣，跟零食店裡那種跟機器猜拳，猜贏即可得到代幣的機台不同。

這種推幣機的玩法非常直覺，沒有什麼複雜的操作，因此經常吸引情侶來挑戰。

換句話說，這種遊戲機瞄準的主要客層為輕度玩家。

材木座「吭隆吭隆」地咳個幾聲，得意地說：

「唔嗯，推幣機？太小兒科太小兒科！這種騙小孩的玩意兒，不可能滿足我！」

「簡單說來就是投下代幣以推落堆積的代幣沒錯吧？看起來非常單純。」

雪之下也沒什麼興趣，認為那是給小孩子玩的遊戲。

「別這麼說，你們試玩一次便知，單純的東西反而容易讓人上癮。」

平塚老師苦笑著勸道。

老師說的沒錯，這種遊戲不實際玩一次是不會瞭解的。

× × ×

店內播放的音樂和遊戲機台發出的聲音相抗，遠方傳來年輕人興奮的吵嚷。

我們面前的推幣機愉快地發出「鏗鏘鏗鏘」的聲響。

對站在旁邊的人來說，這確實是一種噪音，但由於現場沒有任何人開口，使整體印象趨於寧靜。

「……」

「……」

先前擺明瞧不起推幣機的材木座和雪之下，早已閉緊嘴巴，不停來回移動雙眼，以求抓準投下代幣的時機。

「啊啊～～好可惜！唔～～為什麼那樣還掉不下來？」

「由比濱同學，請安靜。」

等等，是妳太認真吧……由比濱都不太好意思了，不覺得那樣有點可憐嗎？

另一個人的處境同樣堪慮。

「……唔嗯，不要小看邪眼的力量……看到了——啊，啊嗚，沒中……哼，竟然是殘像……」

「那不是等於根本沒看到……」

這傢伙的腦袋著實教人擔憂。而且，這人幾分鐘前不是還說大話，認為推幣機只是騙小孩的遊戲，結果自己還不是玩得很高興。

不過，雪之下同樣玩得不亦樂乎。

「……嗚！我太不小心，竟然錯過大獎……」

只要牽扯到輸贏，她的內心便會燃起火苗。從那專注的模樣看來，她隨時可能破壞機台出氣。再說，由於雪之下的理解速度很快，她從剛才到現在已經不知投下多少代幣。

「大、大家都好認真……雪之下同學一下子就把規則記熟了……」

「小町好像感受到肅殺的氣氛……」

原本玩得很開心的戶塚跟小町也停下動作，用畏懼的視線看著他們。然而，深深陷入遊戲的雪之下跟由比濱完全沒有聽見，繼續一個勁兒地餵機器代幣。

「啊，小雪乃，借我代幣～」

由比濱伸手要拿代幣，卻被雪之下一把抓住。

「等一下，妳借了會不會還？我看妳只是不斷把代幣投下去，一點規劃也沒有。」

「嗚……」

遭雪之下指責，由比濱頓時僵住不動。我看她投幣的方式的確沒有節制，明顯屬於千萬不能踏進賭場的類型。雪之下也抱持相同想法，豎起食指懇切地對她說教。

「從以前開始，我便認為妳做事嚴重缺乏規劃，完全不懂得為將來做打算……」

「嗚嗚……」

由比濱每聽到一個字，身體便縮得更小，但因為雪之下說的非常正確，沒有人幫得了她。

規劃的確非常重要。

「小町，給我代幣。」

「不愧是哥哥，連借都不打算借……」

小町的表情超越訝異，達到了悟的境界。那是什麼意思？反正我不可能還妳代幣，所以才直接跟妳要。請用「誠實」來形容我。

我不說出口，僅用視線如此傳達，嘗試兄妹之間特有的非語言溝通方式。結果是在隔壁機台遊玩的人開口：

「比企谷，你要不要？」

平塚老師送上代幣。耶～真幸運！我伸出手要拿代幣，卻冷不防被小町拍一下。

這又是什麼意思？既然平塚老師說要給我代幣，有什麼不好嗎？我不滿地看著小町，她豎起食指，露出嚴厲的目光——轉向平塚老師。

「不好意思～這樣會讓哥哥的廢物程度更嚴重，麻煩老師不要對哥哥太好。萬一哥哥未來變成小白臉，辛苦的將是小町跟他的老婆。小町最大的願望，就是期望哥哥能獲得真正的幸福。」

「這、這樣啊……想、想不到妳還是個國中生，說的話卻很深奧……」

我也覺得小町說的話太深奧。她為什麼有辦法獨當一面？難不成家裡有人那麼廢物？記得跟那個負面教材好好道謝啊。

× × ×

我們一開始便沒有投資太多錢在推幣機，再加上賺回的部分由所有人平分，所以代幣消耗的速度比預期快。

代幣全部用完後，大家開始思考接下來要玩什麼。小町抓準這一刻，看著所有人說：

「好啦，現在代幣用完，時間也差不多了，我們趕快前往最後一個遊戲吧！」

「最後一個遊戲？妳要玩什麼？」

原來還沒結束？本來以為玩完推幣機，大家便要散會。面對所有人疑惑的視線，小町大聲宣布：

「千葉通機智問答！」

我們通通愣住，不知該做何反應，唯有小町一人興高采烈地指向身後的遊戲機。

「就用『千葉魔法學院』的千葉檢定來比賽吧！」

「千葉魔法學院，要開始囉～」

這個機台怎麼有點眼熟，好像我常玩的另一個問答遊戲……在千葉以外的地方，會有人想玩嗎？不，即使是在千葉本地，有沒有人想玩也是個問題。

小町投入代幣後，機台發出音效，我感受到遊戲即將開始。看來大家只有參加一途，完全沒有拒絕的權利。

「那麼，請老師幫忙念題目跟擔任裁判。」

「嗯，好。」

平塚老師欣然允諾。

千葉通機智問答的系統逐漸成形，但仍然有問題存在。

「不過，這是單人專用的機台，倒不如說是我專用的機台。」

聽我這麼說，小町「嘿嘿～」地笑起來。

「因此，今天的比賽採取團體戰，大家分成兩組對抗，回答時請稍微酌量。接下來是比賽規則……總之，請配合現場氣氛。」

「妳的說明突然變得很隨便……」

雪之下頭痛地說道，我也這麼認為。什麼叫「配合現場氣氛回答」，那不就是日本人的平常生活？

不過，這裡只有兩台機器，要比團體戰的話，只好請大家發揮互相禮讓的精神。

「那麼，我們要怎麼分組？」

戶塚四處張望，由比濱怯生生地舉手說：

「啊，要比團體戰的話，我要跟、跟自閉男一組……他對千葉比較……」

嗯，這是合情合理的決定。若要論對千葉的瞭解，在場沒有人贏得過我。有我在的組別，幾乎可以直接宣布勝利……前提是沒有考驗團隊合作能力的題目。

然而，小町不知是有意還是無意地搖頭說：

「不不不，請大家分成男生組跟女生組。」

嗯，這種分組方式簡單明瞭，所以跟我同一組的有材木座跟……戶塚？戶塚跟我同一組，這是真的嗎？

我不禁認真思考起來，不過看到戶塚燦爛的笑容後，便覺得一切都無所謂。

「那麼，我跟八幡是同一組囉！」

「好～我們要加油！」

沒錯，要好好加油！

相較於充滿精神的男生組，另一邊傳來消沉的聲音。

「咦……」

由比濱滿臉不高興，小町輕輕挨近她說：

「結衣姐姐，小町自有想法。」

「看不出在想什麼的恐怖笑容又出現了……」

接著，小町離開由比濱身邊，對我們露出可疑的笑容。

「呵呵呵……那麼，我們馬上進行比賽吧！輸的那一組要接受處罰！」

最後，她又露出招牌的俏皮笑容，宣布比賽開始。

× × ×

在比賽特有的緊張氣氛中，平塚老師立於兩台遊戲機前。賭上彼此尊嚴與處罰遊戲的千葉通機智問答，即將點燃激烈戰火。

基於對千葉的熱愛，我說什麼都不能隨便輸掉比賽。

平塚老師掃視所有人，深深吸一口氣，大聲問道：

「大家想不想去鴕鳥王國？」

「喔～～」

「喔～～」

「喔！」

小町、戶塚、材木座興奮地舉手，跟不上節奏的雪之下和由比濱則滿頭問號。

「什麼是鴕鳥王國……」

「聽起來就不怎麼想去……」

什麼，她們不知道鴕鳥王國？

「那裡很有趣喔，生鴕鳥片也很好吃。」

「原來鴕鳥可以吃……」

由比濱有點被嚇到。但事實上，鴕鳥肉有豐富的蛋白質，熱量又很低，再加上肉質清爽，真的很好吃。只不過，鴕鳥蛋的味道頗為奇特。

當我的腦海被鴕鳥占據時，比賽已正式開始，我聽到平塚老師念題目的聲音。

「請問，說到千葉的吉祥物——」

老師還沒念完題目，同組的材木座便按鈴搶答。

「唔嗯，這題儘管交給我。」

他信心滿滿地掀動大衣，用力指向平塚老師——

「……失控的赤紅狂犬．千葉君！」

那是什麼名字……

平塚老師搖搖頭，機台同時響起遺憾的「叭叭」聲。老師繼續念下去。

「——便想到千葉君……」

「唔，是陷阱！」

材木座懊悔地敲打回答鈴。不過，這是猜謎遊戲的基本常識，根本不算什麼陷阱。漫畫《猜謎王》也提過，每一道題目都有釐清問題的關鍵字。

「材木座，你喔……」

我瞪他一眼，他馬上吐舌頭，敲一下自己的腦袋。

「耶嘿☆」

「嘖，你真的很讓人火大……」我的殺意表露無遺。

平塚老師無奈地看著我們兩人，把題目念完。

「我繼續囉。說到千葉的吉祥物，便想到千葉君。請問千葉君是什麼顏色？」

這次總算搞清楚題目要問什麼，我迅速按下回答鈴，可惜以些微的差距被小町搶先一步。

「小町知道！答案是紅色！」

小町一回答出正確答案，背景立刻亮起華麗的燈光，她高興地在燈光下轉圈跳舞。無妨，這一題太過簡單，只是牛刀小試的程度。

小町跟由比濱開心地擊掌，但雪之下喃喃自語：

「為什麼會是紅色……」

「這、這個……究竟是為什麼呢……」

是啊，為什麼千葉君是紅色？千葉並不會讓人聯想到紅色，也不可能因為充滿幹勁而全身變成紅色……

我思考到一半，平塚老師開口：

「可以進行下一題了嗎？請問，位於千葉縣內的日本首座人工海岸在哪裡？」

喔，這題比較困難，一時之間沒有人按鈴。過一會兒，戶塚率先出手按鈴。

「嗯……九、九十九里濱？」

叭叭，不正確。

戶塚愧疚地向我合掌道歉。

「對不起，八幡。」

「這位小小消防員，你非常有勇氣喔！何況不回答的話，根本不可能說出正確答案。這點小事用不著在意，別放在心上！」

我打算趁機抱一下他的肩膀，沒想到我們之間突然冒出另一個人影。

「八、八幡！還有我，我也很努力喔！」

為什麼最近這個傢伙老是裝可愛？是因為發現聖伯納犬的行情開始上揚嗎？可惜他比較像土佐鬥犬。

「好好好～我知道我知道～再來交給我吧。」

我三兩下打發掉材木座，重新面向遊戲機台。為了消除戶塚答錯問題的罪惡感，此時當然要為他扳回一城。

我懷著十足的信心，按下回答鈴。叮咚～

平塚老師見了，嘴角上揚。

「嗯，比企谷，你回答看看吧。」

「……稻毛海濱？」

咕嘟，在場的某人嚥一口口水，這個人也可能是我自己。在短暫的靜寂後……叮咚叮咚叮咚──答對的鈴聲大聲響起，如同為我的勝利喝采。

「哼，只要是關於千葉的問題，沒有什麼難得倒我。」

儘管我說得相當得意，但這是哪門子的超冷僻問題？若不是我這種熱愛猜謎又深愛千葉的人，根本沒有人答得出來吧。

平塚老師滿意地點頭，左右手分別比出「一」的數字。

「現在雙方同燈同分。那麼，我們繼續！」

老師握緊拳頭，我跟著開始認真，把手放在回答鈴上，進入戰鬥模式。

「請問，千葉當地的——」

「勝浦擔擔麵！」

「請問，房總鄉土點心——」

「荷蘭屋！」

「請問，明明在千葉——」

「東京德國村！」

「請問，千葉的偉人——」

「伊能忠敬！」

我的戰鬥力全開，毫不放水地擊破各個問題，一連搶下好幾分，破竹之勢讓在場所有人為之騷動。

「八幡好厲害！」

「唔嗯，八幡，你才是最強的！」

戶塚笑著為我拍手，材木座也帶著驕傲的笑容拍拍我的肩膀。然而，我並沒有那麼厲害。

「不，最強的不是我，是千葉，雖然在關東只排第三。」

穩坐關東最強寶座的前三名——東京、神奈川，第三個便是千葉。哎呀～聽起來根本是全國第三。再看看「幕張新都心」這個名稱，不覺得千葉已經有資格成為首都嗎？

男生組氣勢高昂，大家都認為我們篤定能贏得勝利；相較之下，女生組則是一片低氣壓，小町也不甘心地咬牙切齒。

「嗚！不愧是哥哥，對千葉的愛真是沉重……」

「再這樣下去，會輸給自閉男他們……」

由比濱不經意的一句話，讓始終沒什麼興趣的雪之下產生反應，低聲碎念：

「輸給……輸給比企谷同學……」

她燃起鬥志，睜大雙眼，靜靜地把手移到回答鈴上。

「小、小雪乃在燃燒……」

由比濱被她的霸氣震懾。最喜歡這種發展的平塚老師揚起笑容，開口念下一題。

「請問，大家熟知的千葉縣銚子市名產——」

這題我收下啦！即使雪之下認真起來也沒用，一旦論及千葉，便屬於我的主場、我的庭園、我溫暖的家。就算在學校的定期考試中贏不了她，唯有在這裡，我說什麼也不能輸。

我抱持絕對的信心按下回答鈴。

「溼煎餅！」

我回答的瞬間，平塚老師倏地露出微笑。

「──是溼煎餅……」

「可惡！太大意了！」

我竟然一時莽撞，被雪之下的霸氣刺激，忘記多思考兩秒鐘！

「哼～～」材木座不高興地看過來。好啦好啦，我知道，是我不好……

我避開材木座的視線，平塚老師繼續念題目。

「──最推薦的吃法是什麼！」

「這種問題誰會知道！」

由比濱激動地哀號，然而，一旁的人還是立刻按下回答鈴。

「交給小町吧！」

不妙……小町總是跟我一起吃溼煎餅，她肯定知道答案……

「答案是放進烤箱烤，再淋上美乃滋跟七味粉一起享用！」

聽到這個答案，由比濱的表情擠成一團，雪之下也皺起眉毛。

「感覺熱量好高……」

「溼煎餅拿去烤，真的沒問題嗎……」

當然沒問題，溼煎餅烤過之後的風味依舊迷人。雖然熱量很高這一點，我的確無法否認。

下一秒，答對的勝利音樂響起。

「竟然還是正確答案……」

由比濱滿臉不可置信，不過那樣真的非常好吃，妳試過一次便會明白。

小町答對這一題，得意地挺起胸脯。

「任何大家根本不會注意到的千葉小知識，儘管交給小町！只有小町願意聽哥哥聊千葉的話題，所以自然而然便記起來了！」

「天啊，這對兄妹真詭異……」

喂喂喂，由比濱小姐，妳不覺得自己的感想太直白嗎？而且我們兄妹的感情這麼好，有什麼關係？我正要表達強烈的抗議，但是平塚老師不給機會，開始念下一道題目。

「請問，千葉縣捕獲量高居全國第一的海產是什麼？」

話音剛落，雪之下便以電光石火的速度按下回答鈴。

「龍蝦。」

她信心滿滿地說出答案。哇，這是怎麼回事？那速度之快，根本是反射動作……

「小雪乃，為什麼妳知道？妳果然也不太正常！」

由比濱這麼說，但這其實沒什麼好驚訝。這道題目屬於地理範疇，再加上雪之下父親的工作緣故，她當然熟悉千葉這塊土地。

話雖如此，一般人還是不會知道這個知識。戶塚佩服地說：

「想不到千葉也捕得到龍蝦，而且捕獲量還是全國第一。」

「沒錯，要在龍蝦冠上『千葉』兩字都不是問題。」

龍蝦在日文裡寫做「伊勢海老」，那麼，為何捕獲量最高的地區不在伊勢？不過，再想到位在千葉的「東京德國村」，便覺得可以理解。

不管怎麼樣，這一題讓我再次深切體會雪之下高得離譜的神祕性能。

「雪基百科真不簡單。」

「能不能不要那樣叫我？」

雪之下撥開肩上的頭髮，冷冷地瞪我一眼。小町趁機插嘴：

「沒錯，哥哥要好好地稱呼『雪乃』才行。」

「呃……那個，我實在叫不出口……會有生命危險。」

這個提議太可怕，害我最後那幾個字只敢含在嘴巴裡。我戰戰兢兢地挪開視線，雪之下跟著把臉別開。

「沒、沒錯……被他那樣稱呼，我也很困擾。」

「請問～你們好了沒啊？」

平塚老師嘆一口氣，打斷我們的對話，使我沒聽清楚雪之下最後說什麼。

老師清清喉嚨，醞釀氣氛，然後才說：

「……最後一題是大翻盤的機會，Hammer chance（註25）！」

「喔喔喔！」

材木座莫名其妙地對最後一個字產生反應。

老師直接予以無視，逕自說明規則。

「使用這個黃金鎚答對最後一題，可以得到一萬分！」

「那之前回答的題目有什麼意義……我拚命答對那麼多題，現在看起來像個白痴。奇怪，難道這是人生的縮影？」

一點一滴地累積努力，不見得保證最後會成功。由於打通關係或走特殊管道或高層的一時興起或預算被砍，導致全盤計畫被打亂的事例同樣屢見不鮮。

我又在不經意間，窺見這個世界的另一項真理……

然而，正因為如此，我絕對不能在這裡敗北。對我來說，只要可以贏得輕鬆愉快，不管遊戲規則再怎麼卑鄙無恥下流骯髒齷齪，我都不會介意；可是，若是讓其他人享受到好處的不公平規則，我便會起身奮勇對抗。

材木座也感受到我的志氣，對我舉起拳頭。

「八幡，交給你了。Goldion Hammer（註26）！」

「喔，喔……是Golden hammer才對。」

註25　出自日本電視節目「百萬問答獵人」，黃金鎚（Golden hammer）為遊戲中的道具。

註26　出自動畫「勇者王」。

這樣可以嗎？真的沒問題嗎？雖然說在問題成為問題之前便不算是問題。總之，接下來平塚老師念的問題更重要。

經過漫長的比賽，現在終於要進入最後一題，而且這一題將左右我們的勝負。說得更精確些，不管之前的比數如何，要靠這一題扭轉輸贏都不是問題。這樣真的沒問題嗎？

「請問，根據千葉縣內一百位女高中生的訪查結果，大家心目中第一名的約會景點是哪裡？」

我耐心等到老師念出關鍵字，才謹慎地按下回答鈴。

在這個時間點按鈴，一點問題都沒有，這樣才能確實掌握先機。根據「先下手為強」的概念，我註定將贏得勝利。

接下來該做的，便是在思考時間結束前，導出正確的答案。

儘管老師在開頭強調「千葉縣內」，但事實上，女高中生這種生物不會隨分布地點不同產生差異，她們又不是神奇寶貝。

再者，她們是對流行敏銳的生物，喜歡追求時尚，趕搭各式各樣的熱潮。由此可知，在這道題目裡，「千葉縣內」的條件限制只是一個幌子，實際上沒有意義。

不僅如此，我還可以從「約會景點」這個字眼，想見特地停下來受訪的女生嗜好。說得簡單些，在那些女生受訪的當下，便清楚暗示她們是戀愛的讚頌者。

若要更進一步解釋，「女高中生」這個條件隱含年輕、稚嫩，反過來也可以說是純真與對大人的憧憬。

依據以上條件，能導出什麼樣的答案……

我看到結局了！可是，這個答案有點難以啟齒……

「……男、男朋友的家……」

叭叭——答錯的聲音無情地響起。

現場陷入一片寂靜。

大家你看我、我看你，接著開始小聲討論。

「這個答案意外地正經……」

由比濱尷尬地低喃，恨不得轉身逃走。

平塚老師似乎是顧慮我，溫柔地詢問：

「……比企谷，那是你自己的願望嗎？」

「那個妄想頗有幾分真實性，感覺好悲哀。」

雪之下補上最後一擊。

只要轉個方向思考，介錯（註27）其實是一種溫柔對吧！

「可惡，超丟臉的……殺了我！把我殺死算了！」

正當我對這個世界感到絕望時，戶塚跟材木座出言安慰。

「八、八幡，沒關係。我們看得出你思考得很認真，女生聽到也會很高興喔！」

註27　在切腹儀式中為切腹者斬首，幫助他盡早解脫的人。

「沒錯。我也常常妄想一堆東西，這沒有什麼好丟臉。」

「有、有道理。對男生來說，這一點都不奇怪！」

戶塚簡直是天使，真想邀請他到我家玩。但是材木座，你的妄想有點讓人不舒服喔！

倒不如說，我發現自己跟材木座屬於相同類別的那一刻，心情馬上沉重起來，不禁心想「我果然就是這副德行」。

這時，小町笑嘻嘻地走過來，輕拍我的肩膀。

「沒關係，這樣有什麼不好？家裡還有小町在，而且這樣說可以為自己加分。」

「不要安慰我，不要用憐憫的眼神看我，還有不要只顧著幫自己加分！被妳一說，我好像變得更悽慘……」

家裡還有小町在，豈不是變成女朋友就是自己的妹妹、天天跟她約會的真結局？這是哪齣以千葉為舞台的動畫不成（註28）？

我被攻擊得體無完膚，不僅生命值歸零，甚至聽到零之鎮魂曲（註29）。然而，這樣還沒結束。

「男生組沒有答對，所以黃金鎚改由女生組擁有。」

我們的黃金鎚被無情地沒收，翻盤的機會落入對方手中。錯失機會者將遇到接

註28　意指輕小說《我的妹妹哪有這麼可愛》。
註29　出自動畫「反叛的魯路修R2」。

二連三的不幸，這乃世間的常理。

接下來，輪到女生組進攻。

「交給妳了，由比濱同學。」

「結衣姐姐加油！」

雪之下很清楚自己答不出這一題，於是將希望放在較可能答對的由比濱身上。

小町也握緊拳頭，大聲為她打氣。

「嗯，好……」

由比濱帶著兩個人的心意，緊張地按下回答鈴。

「嗯……答案是……東京得士尼樂園！」

下一刻，宣告優勝者誕生的鈴聲從天而降。

×　×　×

遊樂場恢復熱鬧後，嘈雜的景況更勝先前。

「現在公布比賽結果！」

小町愉快地大聲叫道，然後跟比賽開始前一樣，一個人興奮地拍手歡呼半天。

接著，她往旁邊退一步，將位置讓給平塚老師。老師頷首，帶著笑容宣布：

「勝利的是女生組，一萬零三分。」

「我不能接受……」

……算了，現在抱怨再多也改變不了結果。不論何時何地，世界總是如此殘酷又滑稽，努力的價值甚至比不上一個奇蹟。

因此，敗者只能為成功召喚奇蹟的勝者送上喝采，這個行為無疑是「敗者造就勝者」的最佳印證。

在我們的鼓掌聲中，女生們高興地討論起處罰遊戲的內容。

「這次託結衣姐姐的福，我們才贏得比賽，所以交給結衣姐姐決定處罰內容。」

「嗯，這樣很合理。我只要贏得比賽便達成目標，其他沒有什麼特別想做的事。」

小町跟雪之下紛紛讓出決定權，讓由比濱顯得不知所措。沒辦法，她很少有機會自己決定事情，突然被要求做出決定，腦中反而會一片空白。

「咦？可是我一下子也……」

她用力轉動腦筋。這時，小町輕手輕腳地靠過去。

「結衣姐姐、結衣姐姐，借一步說話好嗎？」

「嗯？什麼事？」

由比濱疑惑地看向小町。

「如此如此這般這般……」

「……嗯、嗯……咦咦咦～～好、好難為情喔……」

由比濱聽著聽著，耳根子突然漲得通紅，不曉得小町到底對她說什麼。

平塚老師確定她們討論完後，轉向我們說：

「那麼，接下來宣布處罰遊戲的內容。」

老師用視線示意由比濱。

「那、那個……自閉男……」

由比濱先停頓一會兒，我靜靜等待她說下去。

她稍微吸氣、吐氣幾次，調整好呼吸，接著抬起眼睛看過來。

「……下次，再一起去玩吧。」

這句話彷彿試探似的，向我的領域踏進小小一步——不，說不定只有半步；換算成實際長度的話，頂多只有幾公分；若用話語描述，則是「還有空間」。

此刻，我們之間曖昧的距離，正如同防止摩擦和耗損的緩衝地帶。所以，我能夠保持一點距離，回應她的期待。

「……好吧，誰教這是處罰遊戲。」

沒錯。既然是處罰遊戲，我只有乖乖服從的份。

此乃敗者必須背負的罪過、必須接受的處罰，那麼，像今天這樣再跟她出去玩一次，應該在可以接受的範圍內。

由比濱聽到我的答案，終於放下心中的大石頭，晃動肩膀鬆一口氣，展露開朗的笑容。這讓我不好意思起來，迅速把臉別開。

視線停駐之處，我見到小町滿意地點頭，那模樣真教人火大。

我早已看透她的思考模式，也清楚她心中在打什麼算盤。正因為如此，我實在沒辦法對她生氣。這種感覺真是複雜。

我搔搔頭，暗忖接下來該怎麼辦時，天外飛來一個聲音。

「嗯，好啊！大家下次再一起玩！」

這個聲音輕輕柔柔，好似天使的胸罩（註30）……不對，是天使的羽毛。

小町聞言，頓時愣住，轉頭看往聲音的來源。

「……嗯？」

在她的視線前方，戶塚踩著輕盈的腳步，開心地走過來。接著，四周傳來「喔～」、「好啊」、「有空有空」的應和。

「咦？戶、戶塚哥哥？小町這次說的一起玩，不是大家……」

小町連忙要插進我跟戶塚之間，可惜一個黑色的龐然大物赫然現身，擋住她的去路。

「唔嗯！那麼，我也陪你──人、人家只是說要陪你去玩，別、別會錯意喔！八幡！」

「你想太多。我怎麼可能會錯你的意思？」

材木座這傢伙是在演哪齣……真是徹底被他擊敗。

由比濱也無奈地笑說：

註30　黛安芬推出的胸罩品牌。

「總覺得跟原本想的不太一樣……不過沒關係，這樣也很快樂。」

她說完，回頭對雪之下微笑。雪之下明瞭那張笑容隱藏的訊息，便微微嘆一口氣，輕輕點頭。

「好吧。雖然我不擅長跟大家打成一片，但如果妳不介意，我有空時還是會陪妳玩。」

由比濱見雪之下露出溫柔的眼神，高興地抱上去。

「嗯！一言為定！我最喜歡小雪乃了！」

「等一下，能不能不要貼這麼近？我不是說要等有空的時候……」

雪之下扭動身體，想掙脫由比濱的擁抱，但由比濱完全沒有放開她的意思。平塚老師則用望向遠方的目光凝視那兩個人。

「啊，年輕真好……」

拜託哪個人快來娶她，快啊！

同一時間，還有一個人也帶著複雜的表情，站在遠處觀望。

「啊，唉唉……想不到竟然出現伏兵……小、小町漂亮的計謀就這樣泡湯……果然哥哥的青春戀愛喜劇搞錯了……」

哈哈哈，真是可惜，小町。

不管妳想用什麼樣的策略，哥哥受到男孩子的邀請，還是比較高興。

……看樣子，我這個哥哥更教人遺憾。

B.T.

S.S. 3

Short Story ③ 出乎意料，比企谷八幡的念書方式沒有搞錯

校慶告一段落，時序即將進入深秋，侍奉社的社辦也灌進涼颼颼的空氣——這是因為我們眼前的「千葉通煩惱諮詢信箱」。今天的信箱再度出現讓人看了搖頭的諮詢，由比濱念完，暗自發出「天啊……」的呻吟。

〈筆名「劍豪將軍」的煩惱〉

『八幡大師……我想寫出暢銷的輕小說（顫抖聲）。』

雪之下這次連看到一半的文庫本都懶得闔上，直接對我說：

「比企谷同學，對方指名你回答喔。」

多謝你的指名！我是八幡~♪（橫V手勢☆）

要是我不勉強在心裡為自己打氣，真的會崩潰。難道不能把這傢伙的網域列入黑名單裡嗎？我燃燒著對資訊社會黑暗面的怒火，粗暴地敲打鍵盤。

〈侍奉社的答覆〉

『根據敝人的看法，暢銷輕小說有五個不可或缺的要素：一為插畫，二為出版社，三、四從缺，五為硬推。請謹記以上五點好好努力。』

雪之下瞇細眼睛瀏覽一下我的回覆，詫異地詢問：

「那麼，作家的努力該放在哪裡……」

「三或四的其中一個。」

由比濱從螢幕前抬起臉，也對回信內容大感錯愕。

「……真的不需要努力嗎？」

「只是為了賣錢的話，不努力也沒什麼關係。對方的諮詢內容不是『有趣的輕小說』，而是『暢銷的輕小說』，這兩者不見得能畫上等號。」

「喔……」由比濱佩服地嘆息，雪之下也點頭表示理解。沒錯，「暢銷」不等於「有趣」，所以GAGAGA文庫，我超愛你喔！期待看到更多擺明在說「我就是不迎合大眾口味」的作品！

解決一件諮詢——更正，是解決掉燙手山芋後，雪之下放下心中的大石頭，難得換她念下一封信。

「那麼，下一件諮詢。這位是住在千葉市內，筆名『我只是來諮詢，沒有必要告訴你名字』的人。」

〈筆名「我只是來諮詢，沒有必要告訴你名字」的煩惱〉

『我弟弟今年要考高中，有沒有比較有效的念書方法？』

這個人說話毫不客氣，連筆名也散發出敵意，再加上提及自己的弟弟……不管我怎麼想，都只想得到那個人。

「雪之下，這個妳比較擅長。」

聽我這麼說，雪之下撫著下顎開始思考。

「有效……可是，我平時就在念書，所以沒特別留意過……真要說的話，最擅長考前抱佛腳的不是你才對？」

「好歹說我是懂得考試技巧行不行……不過，我的方法也很普通，就是大量練習考古題，徹底複習答錯的地方；有必要的話，就把整個題目記下來。」

「想不到真的很標準……」

雪之下著實感到驚訝，但妳知不知道，這樣對人很失禮……算了，畢竟我也不是沒想過怎麼抱佛腳，只不過實行上太過麻煩。

「雖然有一些考試技巧，但同樣需要反覆練習才能熟練。」

「大家也常說『學問無捷徑』。」

雪之下正經地這麼說。看來討論到最後，勢必會導向這個結論。

「那麼，就以這個方向回覆。」

我開始思考回信的內容。這時，由比濱再也按捺不住，猛然起身抗議。

「等一下，為什麼不問我！人家也考過高中，也是考試進來的啊！」

然而，雪之下完全不予理睬，仍是看著電腦螢幕，然後輕輕「啊」了一聲。

「等一下，這封信還沒結束……『另外，也告訴我念書念累時提振精神的方法。』」

「由比濱，終於輪到妳上場囉！提振精神的方法就交給妳！」

「你笑的樣子很讓人生氣耶！而且人家也有認真思考！」

由比濱氣呼呼地把電腦搶去，開始一個字一個字敲打鍵盤。

〈侍奉社的答覆〉

『姐姐陪在弟弟旁邊用功如何？一直用催促的方式，可能會使他心生反感，最有效的念書方法是利用自己有動力的時候念書（我自己的情況是這樣）。所以，川崎同學跟弟弟一起念書的話，他自然會覺得「我也要好好加油」，還有，教導他不懂的地方也可以提高效率！念完書之後，再跟他聊很多高中裡快樂的事情，應該能幫他提振精神！加油喔！』

「哼哼～」她打完最後一個字，露出得意的笑容。好吧，我不是不能體會她的心情。何況我跟雪之下讀完回信，都有點驚訝。

「……難得出現這麼認真的回覆。」

「是啊，由比濱同學回得這麼認真，的確很難得。」

「難得的是那個啊！」

由比濱哭著用粉拳敲打雪之下的胸部。但很遺憾，當認真的回覆顯得難得時，便代表這個活動開始沒救了。

另外，也告訴我念書念
累時提振精神的方法。
S.S.
3

沒有搞錯
onayami
soudan mail
from:
我只是來諮詢，沒有必要告
訴你名字。

S.A. B

SIDE-B * Special Act.B 他們尚未找到自己的歸處

定期考試結束，梅雨季跟著告終。

儘管揮別天天下雨的日子，但老天爺常看準我們放學回家的時間，動不動便來一場讓人措手不及的大豪雨，而且籠罩整片天空、黏膩難耐的溼氣也尚未散去。

我就讀的總武高中臨海，受到更多來自大海的水氣，潮溼的海風經常使腳踏車和油漆斑駁，並使裸露在外的鐵架生鏽。

在如此溼熱的天氣中，我的心情卻意外地高昂。

暑假已近在眼前，現實充老早便訂好遊樂計畫，獨行俠則得以從名為「學校」的牢獄解脫，當然也變得生氣蓬勃。

若說這是夏天的魔力，一點都不為過。

高溫容易使人出現異常行徑。

因此，在不知不覺中，我的舉止跟著開始異常，連我都對自己的反常行為大感不解。

太陽照不進校舍後方與新大樓之間，因而此處比其他地方涼爽許多。如果從空中俯瞰，總武高中的主要校舍呈「口」字形，新大樓孤單地被遺落在外，大部分學生也對那裡不甚熟悉。雖然體育館下層的武道場和運動社團的社辦不時有人出入，但至少不會是在目前的午休時間。

因此，現在除了我跟另一個人，這裡沒有第三者存在。午休時間，學生們的心思都已飛向即將到來的暑假。拂面而過的風中，依稀摻雜潮水的氣息。

杳無人煙的校舍後方，僅屬於我們倆的祕密時刻——這樣聽起來，像極了燃燒整個盛夏的青春時光。

然而，事實上完全不是如此。

「呵、呵、呵，宿敵八幡，你終於出現了！」

那個白痴裝模作樣到讓人快受不了的境界，我用沒有半點精神的聲音回應：

「劍豪將軍，你無處可逃了～」

若要說這幾個字有多平板，恐怕連特別客串配音的藝人跟電影導演都念得比我有感情。下一刻，眼前的材木座倏地擺出架勢，真是噁心到極點。

這才是現實。

事實上，我跟材木座不過是躲進人跡罕至的校舍後方，以免被誰瞧見；至於潮水的氣息，我想八成是身上的汗味。哇，敘述式陷阱真恐怖！

我原本待在老地方悠閒地吃午餐，順便欣賞戶塚在遠處練習網球的風采，結果被材木座逮個正著。

接著，材木座硬是要我讀他寫的小說大綱，當我回過神時，身體已經自動跟他玩起盛夏的中二病遊戲。

這才是現實中的我，這才是我高中二年級的夏天。日本的夏天，根本不是金鳥的夏天（註31）。

「哼嗯……怎麼怎麼？一點幹勁也沒有是什麼意思！為何不擺出架勢！這樣不可能激發出我對角色的靈感啊！」

他不滿地跺腳抱怨。

沒辦法，那實在強人所難……

因為我告訴材木座，我看不懂他的大綱設定，他才真槍實彈演出。結果當我察覺到時，事情已經演變成如此。

但即使跟材木座講道理，也不可能講得通。他就是這樣的人。這種時候，最好的方式不是跟他理論，而是動之以情。

我露出瞧不起他的笑容。

「……你說這個姿勢？這叫做『無形位』，不採取任何姿勢，順勢帶過一切攻

註31「金鳥之夏・日本之夏」為日本防蟲劑公司KINCHO的廣告詞。

擊。」

「那是什麼，感覺超帥氣！」

雖然只是隨口借用《神劍闖江湖》的知識，這傢伙倒是徹底上鉤。他迅速掏出智慧型手機，連忙開始按鍵盤，如同深怕自己忘記貴重的資訊。坦白說，我本來很猶豫要不要用天地魔鬪勢，既然無形位也能供他做為參考，便是一件好事。

「唔嗯！將攻擊無效化之後，再補上說教之拳。這會成為流行……」

材木座獨自嘀咕起來，我不予理會，靠到牆上。既然他的煩惱獲得解決，我應該可以解脫了吧。

被迫看這堆可能降低智商的東西，害我流出一身冷汗。一陣風吹過發熱的臉頰，我馬上覺得通體舒暢。

我稍微轉動身體，打算模仿 T.M.Revolution 迎風唱歌的招牌畫面。這時，一個奇特的景象映入眼簾。

數名穿著柔道服的男子，垂頭喪氣地朝這裡走來。柔道服總是予人魄力十足的印象，這群人看來卻柔弱不堪。

想不到除了我的天使戶塚彩加之外，柔道社也會利用午休時間練習。嗚呼！戶塚，你是我的天使！我要努力答對題目把你養大（註32）。

註32 指過去一款透過益智問答賺取養育費，將小孩養大的遊戲。名為「子育てクイズ マイエンジェル」。

戶塚在中午練習網球時，總是那麼快樂、那麼可愛、那麼清爽，現在經過我旁邊的這群人卻不是如此。

好吧，這怪不得他們，誰教戶塚與眾不同。與眾不同的戶塚真可愛！如果把這句話念快一點，舌頭很可能打結。

另一方面，既不與眾不同也不可愛更不可能是戶塚的柔道社員們，臉上沒有半點生氣，個個累壞的樣子，走起路來活像殭屍……喂，你們是上班族嗎？

我沿著牆壁，往下滑坐到地面，側眼看著那群柔道社的人離去。

材木座也看著他們，露出疑惑的表情。

「唔嗯……那群人有點可疑。」

「會嗎？跟你比起來，我覺得他們正常許多。」

會在大熱天披著大衣的人，我只想得到變態跟怪醫黑傑克。

「咳嗯。沒錯，在我的班上，這早已成為劍豪才擁有的──」

材木座似乎把我的話解讀成稱讚，得意地哼一聲。我沒記錯的話，「正向思考」在日文裡就代表「自以為是的白痴」對吧？

但事到如今，我指責他自以為是的一面只是白費力氣罷了。這傢伙的個性就是如此，已經沒有藥救得了他。

我將視線從材木座身上移至轉過轉角的柔道社成員，這時忽然想到一件事。

「對了，你體育課是不是選劍道？」

目前二年級生的體育課是武術，所有人必須從柔道跟劍道裡擇一學習。

不管選擇哪一種，勢必得花錢買上課用具。學習劍道所需的全套服裝實在太貴，所以我選擇柔道。不過想也知道，我跟父母要錢時一定對他們說：「我還沒決定要選哪一個，先給我劍道服的錢。」請叫我錢之煉金術師 FULLMETAL JACKET（註33）。

既然我選擇柔道，柔道課上又不見材木座的蹤影，即可用消去法得知他選的是劍道。雖然也有可能是材木座本身的存在被完全消去。

「唔嗯，沒錯，我當然選擇劍道。有什麼問題？」

「沒有……只是覺得，跟你同組練習的人很可憐。」

體育課本身已經夠麻煩，要是再碰到這傢伙的主場——劍道，煩人的程度還會再往上加。

「無需擔心，我有克制自己的力量，不會用在一般學生身上。」

「喔，這樣啊……」

若把材木座的話翻譯成白話文，大致如下：「讓、讓別人看到那種設定，感覺很丟臉……所以我有收斂。我、我只願意讓八幡看到這種設定喔！」搞什麼，噁心得要命！

話說回來，只要材木座沒有帶給別人困擾，便沒什麼問題。獨行俠之所以被

註33　一九八七年的電影，中文名為「金甲部隊」。

容許存在於這個世界，正是因為不會傷害別人。鳥不叫的話，就不會被獵人盯上（註34）。不過，跟其他鳥比起來，不叫的鳥更是等而下之，所以獵人認為沒有價值，根本懶得理牠。這究竟是被當做空氣看待，還是淪為人人避之唯恐不及的對象？不論是哪一種，出現在《Another》裡的話，早就一命嗚呼。

「倒是八幡，你那邊過得如何？」

材木座對我的態度不滿，噘嘴問道。然而，我的答案相當普通，沒有任何好驚奇的。

「柔道社的人來當我們的練習對象，還有不斷練習『受身』（註35）。」

「唔嗯……我看他們不是來陪你們練習，是來當你們的保母……」

材木座用袖子擦掉額頭上的汗水。

其實，這不是什麼稀奇的事。體育課要進行特定項目的教學時，相關社團註定會遭殃。他們得在課堂上示範動作，還要被使喚去準備器材和收拾善後。在表定時間外也得工作的現象淪為常態，正是這些運動類社團的黑暗面，難怪常常聽到「運動類社團是社畜訓練班」的說法——主要是在我心裡。

由此可知，柔道社的人來當我們的保母是迫不得已……所以他們的表情才那麼陰沉嗎？真對不起喔～

註34　日本諺語，意近「禍從口出」。
註35　學習柔道的第一課，意指被對手投摔或自己摔倒時，減少身體的衝擊以獲得安全的技巧。

然而，就算我在這裡為他們操心，也不可能改變這個陋習。我更不可能出於無謂的同情而蹺掉體育課。沒有人幫忙掩護獨行俠，所以獨行俠必須乖乖出席所有課程。

這樣固然對柔道社的人很抱歉，但還是讓我多添一下麻煩吧。

這時，宣告午休時間結束的鈴聲正好響起。我站起身，拍掉屁股上的沙子。

「那麼，我要回教室了。」

我轉過身離開，立刻聽見後方傳來理所當然的腳步聲。

「唔嗯，走吧。」

咦，你要跟我一起回去？我說「我要回教室」，不是很明顯代表「我要一個人回教室」嗎？

但材木座不理會我疑惑的眼神，還「哼哼」地大笑起來。

「杵在原地做什麼？動作快動作快！要像飛的一樣！不行，那樣太慢！我要丟下你不管囉！」

他用力指向校舍所在的位置。若把這段話翻譯成白話文，大致如下：「你怎麼了？我們趕快回去吧……啊，可是，萬一我們一起回去的事情，在大家之間傳開……感覺會很丟臉……」一這麼一想，我心頭的火氣瞬間全消。只不過，感覺還是噁心得要命。

× × ×

下午的課程結束後，我前往侍奉社社辦。拜時代進步之賜，總武高中擁有完善的冷暖氣設備，所以即使在炎熱的夏天，學生們照樣能舒舒服服地上課。然而，走出教室便完全是另一回事，更不用提放學時間後。

我踩著室內鞋，啪噠啪噠地走在特別大樓的走廊上。

雖然外面是大熱天，但隨著我進入大樓深處、接近侍奉社的社辦，心頭越感受到涼意。不知是社辦位於背陰處、通風良好的緣故，抑或是社辦主人散發的寒氣？這股寒意涼到我的背脊有點顫抖，所以八成是後者——對喔，連胸口都一片冰涼呢！我在腦中想著一點都不重要的念頭，打開社辦大門，瞬間，一道比先前更寒冷的視線立刻射過來。

「……辛、辛苦了。」

面對雪之下雪乃緊迫盯人的視線，我不自覺慌了一下。奇怪，她為什麼要生氣？難不成是接收到我剛才一路上的想法？如果真是如此，將掀起雪之下會讀心術，或我是SATORARE（註36）的世紀大爭論。

註36 指漫畫作品《心靈感應》。SATORARE是書中虛構的病名，病患心中的所有想法都會化成「思念波」傳播給周圍的人。

「……哎呀，原來是比企谷同學。看到那麼死氣沉沉的臉，我還以為是兩棲動物闖進來。」

「沒辦法，誰教我還年輕水嫩。千萬別把這句話告訴平塚老師，她一定會很在意。」

一如往常地打招呼後，我坐到跟雪之下呈對角線的專屬座位。

雪之下仍然顯得不高興，但她沒有再說什麼，低頭繼續看自己的文庫本。

我知道她的心情不好，而且似乎不是出於對我的怨恨、憎惡或厭惡。之所以能這麼判斷，在於雪之下平常還會補上兩三句酸溜溜的話，今天卻靜靜地拉上嘴巴的拉鍊。話說回來，我平時未免遭受她太多毒舌了吧？

如果雪之下不是對我不悅，那是在不高興什麼？拜託別把室內氣氛弄得這麼僵好不好？難道妳是心情陰晴不定，讓辦公室裡的人不敢來打交道的ＯＬ？

今天沒有什麼事要做，於是我也從書包裡抽出一本文庫本，隨意翻頁瀏覽，並且不時打量雪之下。

「……唉。」

她明明只是在看書，卻忽然嘆一口氣，看來那本書也在一點一滴地累積她的壓力。奇怪，真的那麼無趣嗎？妳可以選擇不要看啊……

不過，不管對一個自體中毒的壓力產生機說什麼，對方都不可能聽進去。自己產生的壓力，只有自己有辦法解決。

我決定不予理會，繼續專心看自己的書。視線落回手上的書本時，喀啦喀啦——惱人的開門聲再度響起。

「嗨囉～」

隨著跟盛夏一樣教人難受的招呼聲，由比濱結衣啪噠啪噠地走向自己的固定座位。

她最近穿的裙子長度稍微縮短，原本的海軍藍襪子逐漸被隱形襪取代，再加上硬要往上捲的短袖上衣，完全屬於夏天的穿著使裸露在外的四肢部分相對增加——等一下，我並沒有緊盯著她看。我們天天見面，所以這點程度的變化當然有辦法一眼看出，只是如此而已。千萬不要小看獨行俠的觀察功力。

「好熱喔！」

由比濱坐下後，立刻拉著胸口的衣服搧風。喂喂喂，快點停手行不行？我會不小心看到！

這麼說來，儘管由比濱嘴上不斷嚷嚷好熱，卻從不穿開襟襯衫或POLO衫。不知該不該說是有點意外，原來她對領結情有獨鍾。

我盡可能別開視線，重新把心思集中到文庫本上，結果，我不小心太用力，在因為天氣潮溼而變得軟趴趴的書頁上留下一道折痕。

糟糕，之後得用重物把折痕壓平……對愛書人來說，心頭實在有一點淌血。這也是這個季節討厭的地方。

然而，這不能怪由比濱，我自己得承擔一切後果。該怎麼說呢……好像看到什麼不該看的東西，真抱歉啊～但既然她是害我折到書頁的遠因之一，就算是自己不講理，我仍免不了怨恨地瞪她一眼……不不不，請不要誤會，我絕不是想看由比濱拉開胸口搧風，或是發現她的腿長得出乎意料，純粹是對她感到怨恨罷了。但不管怎麼說，這些理由都差勁到極點。

不過，這些都是我杞人憂天，由比濱的注意力全放在雪之下身上，絲毫沒有察覺到我的視線。

「小雪乃，妳怎麼了？」

若是不相關人等，見到雪之下板著一張臉，肯定不敢對她開口；即使退一百步來說，面對正常狀態的雪之下，要跟她搭話的難度依然有點高。

不過，現在的由比濱能夠越過這個障礙。

若是前一陣子，當時由比濱絕對不會多問什麼，頂多說一些不著邊際的話。如今，她有辦法直接切入核心，代表兩人之間的距離已縮短許多。

自從由比濱的慶生會之後，她跟雪之下保持距離、顧慮彼此的情況似乎少很多。

雪之下聽到由比濱的問題，臉上稍微閃過要不要回答的猶豫神色，但最後決定坦率地說出口。

「最近的溼氣太重，紙張都變成這樣……」

「喔～溼氣啊。我的頭髮也都纏在一起，真的很麻煩。」

雪之下輕撫書本嘆一口氣，由比濱則用手胡亂梳幾下頭髮。

「纏在一起？我剛好相反。不過，溼氣讓紙張捲曲，還緊緊黏住，光是看著就覺得很難受。」

「咦？才不會！」

由比濱一說完，立刻起身走到雪之下身後，不理會她的訝異，輕輕撫摸她的長髮。

「哇～超柔順的。不過，這樣好像有點熱。」

「……由比濱同學，妳在做什麼？」

「嗯……找到了。」

由比濱從口袋摸出一個髮圈，掛在手指上繞圈圈。

接著，她從書包拿出梳子，小心翼翼地為雪之下梳理，接著把她瀑布般的烏黑秀髮整理起來，綁到頭頂上。

「夏天留長髮會使熱氣悶在裡面，這樣是不是清爽多了？」

「咦？嗯，是啊……」

雪之下愣一下才回答。她大概不習慣讓別人整理自己的頭髮，顯得有點不知所措。這幅景象頗為罕見。

「那個……所以，為什麼要幫我弄頭髮……由比濱同學，妳有在聽嗎？」

不用說也知道，由比濱根本沒聽進去。

她哼著歌，將雪之下的長髮綁到頭上，固定之後便大功告成。不過，黑髮那樣盤著看起來相當詭異，於是，由比濱又用別在胸前口袋的髮夾把雪之下的頭髮綁成一顆丸子。

「完成！嘿嘿～跟我變成一對呢。」

她看著自己的成果，露出滿意的笑容。如果單純比較髮型，的確可以說是相似。

「是嗎？我看倒像是雜牌的丸子頭。」

「喂！注意你的形容！」

由比濱大聲訓斥我。看來她真的很滿意自己的傑作。

可是，就算妳要我注意……但我想不出其他說法。這不是跟電子雞誕生後，又蹦出一堆電子恐龍、電子鴨、電子貓等玩意兒的道理相同嗎？除此之外，我實在想不出還能怎麼形容。

「……說是『仿冒貨』總可以吧？」

「還不是一樣！」

我多少留意自己的用字，選擇比較嚴謹、沒有模糊地帶的詞彙。但是說實話，我真的不知該怎麼說。她們不必像電玩角色那樣用不同配色（註37）區分，而且外表明明不像卻硬要模仿，看起來反而更像仿冒貨。

註37 兩名以上的玩家選用相同角色進行遊戲時，第二位之後的角色會出現不同配色，以方便區分。

「倒是妳自己，不在意髮型跟她一樣嗎？」

說到高中生這個群體，大家開口閉口總是喜歡強調「個性」；提到時尚流行的話題，女生們更是特別敏銳。這樣真的沒有關係嗎？還是說，把看現場氣氛的技能點到跟由比濱一樣高，即可得到對抗金子美鈴（註38）專用的裝備「大家都相同，大家都很棒」？

由比濱仰頭思考半晌，最後給出極為簡潔的答案。

「嗯，感情很好的話就不會在意。」

喔，這樣啊……兩位的感情真好……

她的回答如此純樸，使我的惡意全消。我愣愣地輕輕嘆氣，回頭看自己的書。

這時，被晾在一旁的雪之下終於有機會開口。

「請問……我的頭髮現在變成什麼樣子？」

差點忘記，雪之下本人不可能看到由比濱的傑作。於是由比濱從書包拿出一面四方形的粉紅色小鏡子，遞給雪之下。

「來！」

「謝謝。」

雪之下將文庫本擱在桌上，打開鏡子確認自己的模樣。

註38　活躍於大正末年至昭和初期的女性童謠詩人，「大家都不同，大家都很棒」是她的著名詩句。

她瞇細雙眼，露出不敢置信的表情。過一會兒，她默默地闔起鏡子，維持那副表情看向由比濱。

「……由比濱同學，妳能不能解釋一下？」

由比濱聽了，不解地眨眨眼睛。

「咦，妳不是說被頭髮弄得很煩嗎？」

「我指的不是頭髮，是這個。」

雪之下指向桌上的文庫本。

「溼氣會讓書本受潮，之後把它烘乾又很費事……我才覺得有點煩。」

「啊，原來如此……我還以為一定是頭髮。啊哈哈……」

由比濱搔搔頭笑了起來。

「紙張」跟「頭髮」的日文發音相同，難怪這兩人雞同鴨講。我瞭解……神啊，你為什麼要讓我想到這種冷笑話（註39）？

冷靜下來仔細想想，其實不無道理。由比濱幾乎不看書，乍聽雪之下的第一句話，腦中自然第一個想到頭髮。這是兩人的興趣不同使然。

另一方面，雪之下雖然不能說是不跟隨流行，但她終究比較喜歡閱讀。對愛書人而言，夏天的溼氣的確是一場災難。另外還有手汗，手汗也會使紙張產生折痕。

註39　此處原文為「紙と髪だけに噛み合ってなかったんですね」。「紙」、「髪」、「噛み」以及下一句的「神」，日文發音都相同。

只要有一顆汗珠滴到紙上，便足以讓人「啊～～」地大聲哀號，難過好一陣子。

由比濱尷尬地笑到一半，突然想到什麼，迅速站起身。

「啊！抱、抱歉，我馬上幫妳弄回去！」

「沒有關係。」

雪之下別開視線，但心裡其實對自己的新髮型很好奇。她再次打開鏡子，左瞧瞧、右瞧瞧，小心地撥弄頭上的丸子。

「……這樣也涼快。」

可惜她說這句話時，臉龐越來越紅，我實在看不出她哪裡覺得涼快。不過，看來她很滿意跟由比濱成對的丸子頭。

由比濱也高興地微笑，抱住雪之下。

「沒錯吧～」

「好悶……」

雪之下擺出不高興的表情，但很明顯是為了掩飾害羞。反而是我看到那一幕，心頭完全涼下來……

既然雪之下已恢復好心情，我大可把社團交給這兩位年輕人，收拾書包回家去。好，走吧！

我把文庫本收回書包，躡手躡腳地站起，往門口踏出第一步……

叩、叩——真不湊巧，偏偏有人挑這時候敲門。

「請進。」

雪之下聽見敲門聲，立刻回應。

「不好意失……」

在一陣含糊、最後一個字只剩氣音的招呼後，三個威武的男生走入社辦。他們一個長得像馬鈴薯，一個長得像番薯，一個長得像芋頭。

原本已經夠熱的天氣，因為他們又變得更熱，我的體感溫度瞬間飆高三度。

×　×　×

雖然這三個像大樹一樣站著不動的男子面貌各不相同，但給人的感覺相去不遠。我對其中長得像馬鈴薯的人有印象。對方似乎也認得我，開口詢問：

「啊，呃……你是體育課的……」

「嗯……」

我舉起一隻手簡單致意。沒錯，他就是在柔道課上擔任我保母的好人。雖然他不會像某人見風轉舵，但的確是個好人，可惜我不記得他的名字。

所以，另外兩個人也是柔道社的嗎？我掃視他們，由比濱跟雪之下也看過來。

「朋友嗎？」

「認識的人？」

喂，我聽得出妳們的問法有些差異喔！為什麼雪之下是以我沒有朋友為前提？

不過，她說的也沒錯……

「不。我不知道他的名字，只是一起上體育課。」

「一起上課卻不知道名字……」

由比濱無言以對。但是，我必須為自己澄清，就是有些傢伙記住名字後，會厚臉皮地主動來裝熟，所以，我其實是積極地不記住別人的名字。國中時代，我正是因為記住全班同學的名字而被大家說「好噁心」。那是我人生首次被自己優秀的記憶力害到。在那之後，我記人名便記得很草率，例如那位叫川什麼的。

為了避免馬鈴薯的心靈受到傷害，我們特地壓低音量，但對方似乎還是聽見交談內容而露出苦笑。不過，馬鈴薯八成也不知道我的名字，所以算是半斤八兩。

「我是柔道社的城山，這兩位是社團學弟。」馬鈴薯的嗓音低沉渾厚，出乎我的意料。

「我是津久井。」

「我是藤野。」

以上是令人快喘不過氣的自我介紹三重奏。謝謝、謝謝，非常謝謝你們～只不過這三人缺乏顯著特徵，不容易讓人留下深刻印象，為了方便起見，之後姑且直接用馬鈴薯、番薯、芋頭稱呼他們三兄弟。

「我是侍奉社的社長雪之下，這位是社員由比濱同學。」

雪之下自我介紹後，伸手介紹由比濱。嗯……妳是不是漏掉一個人？她不理會被遺忘的那個人，直接進入主題，詢問那三兄弟：

「那麼，你們是否瞭解這個社團的活動內容？」

「瞭解。平塚老師告訴我們，這個社團會幫忙解決校內的麻煩事。」

馬鈴薯——亦即城山代表回答。

又是平塚老師……話說回來，她的解釋未免太隨便，把我們說得好像麻煩終結者……是不是要去殺椰子蟹（註40）？

雪之下聽到這種回答也按住額頭。

「嚴格說來有點不正確……」

「沒關係啦，大致上是這樣沒錯。」

由比濱倒是不太在乎，輕鬆地帶過。

好吧，以她的理解而言，侍奉社的確專門在做這種事，唯有雪之下堅持她個人的理念。從旁人的角度看來，這裡確實等同解決各式疑難雜症的煩惱諮商中心。

因此，被介紹到這裡的三兄弟，想必有什麼煩惱。

「那麼，你們有什麼問題？」

番薯跟芋頭同時開口要回答，但是被馬鈴薯制止，改由他親自說明。真是一個

註40「麻煩終結者（TROUBLE CONTRACTOR）」出自《神經妙探無敵艦》，殺椰子蟹為其中劇情。

好學長。

「嗯。老實說，有點不好啟齒……這一陣子，很多社員說不想繼續練柔道，也有人真的把退社單交給我。」

從這段話聽來，馬鈴薯是柔道社的社長。

有退出社團的權利真好……我也很想退出侍奉社，可惜這個願望不可能實現。

這是哪門子的黑心社團？

「嗯……」黑心社長摸著下顎思考。「社員接二連三地要求退出……可能是什麼原因，你心裡有底嗎？」

「這個……」

城山回答不出來。但不是我在說，理由不是再明顯不過嗎？

「沒辦法，柔道社就是這樣，練習又辛苦又累，還有滿滿的汗臭味，這種３Ｋ（註41）社團簡直跟系統工程師有得比。」

番薯跟芋頭聽了，立刻強烈抗議。

「一、一點也不臭！」

「可是，真的很辛苦也很累！」

我完全分不出誰是津久井、誰是藤野，但至少瞭解番薯對汗臭味這一點很敏

註41　辛苦、累、臭的原文為「きつい、苦しい、臭い」，發音皆為K開頭。日本的系統工程師也被稱為３Ｋ工作，此３Ｋ為辛苦、忙碌、回不了家（きつい、きびしい、帰れない）。

感，芋頭則是沒有毅力。

「你們先閉上嘴巴！」

「是……」

馬鈴薯一訓斥，兩人立刻安靜下來。不愧是運動類社團，果然訓練有素。

「比企谷同學，你也稍微安靜一下。」

「是……」

我被雪之下冰冷的眼神一瞪，便乖乖地不再說話。我果然訓練有素。

城山接續剛才被打斷的話題。

「可能的退社原因……」

「嗯，沒錯。」

由比濱也催促他繼續說。

「有一位去年畢業、目前就讀大學的學長，最近常常回來看我們練習。可是，那個人有點……」

城山的話語越來越含糊，大概是真的很難說出口，但另外兩個人迫不及待地大聲接下去。

「他好過分！」

「根本是虐待！」

他們的聲音不同於先前，多出幾分悲壯感，而且這次城山沒有多說什麼。

番薯跟芋頭越說越激動。

「他每次都說『這個社會是很殘酷的』，用很嚴格的方式訓練我們！把大家摔得超用力！」

「自由對練中最輸的會被罰去跑腿！還得一個人吃光十人份的牛肉蓋飯！」

「對他使用招式，他還會不高興！」

「太不講理了！」

他們扯開嗓門，兩人搶著發表意見，連換氣都捨不得，最後都「呼……呼……」地大口喘氣。

他們似乎還沒發洩完，但是被雪之下冰冷的視線一掃，氣勢立刻消退，乖乖閉上嘴巴。這時輪到雪之下開口：

「我瞭解情況了。簡單來說，要想辦法處理掉那位學長對不對？」

如同她所言，從柔道社的描述聽來，那位學長似乎是一切問題的起因，起碼番薯跟芋頭很討厭那個人。所以其他想退社的人，心裡八成是這種想法。

既然如此，最快的方法當然是去除患部。

然而，城山搖搖頭，沉重地說：

「……不，沒辦法。」

「沒辦法？為什麼？」

由比濱感到納悶。

「要是他肯聽我們說話，事情根本不會變成這樣……再說，由社外人士跟他談也沒什麼意義。」

城山大概已委婉地跟對方說過好幾次。從進入侍奉社到現在，他一直避免正面觸及話題，提到那位學長時也特別謹慎地選擇字句。他或許是不想把話說得太白，也或許是對這位學長敬而遠之。

局外人不便評論事情的道理，不僅限於社團活動。聽到不相關人等對自己說三道四，當然只會希望對方閉上嘴巴。照我看來，只要大家普遍如此認為，那位學長便不會有聽進去的一天。

既然如此，由相關人士勸告他如何？

「顧問老師呢？」

聽我這麼問，城山洩氣地垂下肩膀。

「我們的顧問老師不會柔道，所以他反而很歡迎學長回來指導大家。」

「那、那那那……三年級的社員呢？」

「他們在前一次的比賽後便退下第一線。」

對於由比濱的提議，城山也快速否決。看來他自己想過不少方法，但是覺得做不到而打消念頭。

換句話說，他心中早有定見。

「不論由誰去說，我都不認為那位學長會聽進去。他的柔道很強，即使贏不了團體賽，在個人賽中一直是常勝軍，甚至因此保送進入大學。」

城山說到這裡，目光變得縹緲，如同回想起過去。

「喔……靠柔道進入大學，真是厲害。」

所以，我們高中一年級的時候，那位學長是三年級。他跟城山認識，難怪城山回答得那麼猶豫；再加上對方的實力不容懷疑，目前的三年級社員沒有能耐跟他唱反調，柔道門外漢的顧問老師也不方便說什麼。

原來如此，我可以理解他們只能默默吞下去。不論是依實力還是依年齡來看，雙方的上下關係都不可能輕易顛覆。

始終不發一語專注聆聽的雪之下，挪開撫著下顎的手說：

「如果除去那位學長不談，你們的要求算是想招募新社員。對吧？」

城山微微頷首。

「對。雖然現在的情況不至於廢社，但人數不夠的話，我們無法參加團體賽。」

「吸收新社員……這跟吸收手機新用戶不一樣，恐怕沒那麼簡單。」

更何況，他們可是柔道社。

若不是原本便喜歡柔道、對柔道有興趣的人，一開始便不會把這個社團列入考慮。儘管我不想這麼說，但事實就是，柔道社在高中社團中不受歡迎。

「想辦法讓打算退社的人回來不是更好嗎？」

由比濱如此建議，雪之下盤起雙手點一下頭。

「嗯……有道理。他們對柔道的興趣本來便高出一般學生，加入社團的可能性比較大。」

由比濱見雪之下贊成自己的意見，高興地抱住她。

「沒錯沒錯！而且啊，大家一起度過危機後，感情會變得更親密！」

雪之下有點受不了這個舉動，但也沒有強烈拒絕，只是稍微伸出手，跟由比濱保持距離。正因為她們的髮型相似，這樣看起來更像好姐妹。

好吧，我想她們現在的感情的確很好。自從前一陣子由比濱回歸侍奉社，我便覺得她們的關係更顯親近。

不過，這屬於比較特殊的例子。要不是侍奉社本身的活動鬆散，或雪之下和由比濱的個性使然，根本不可能發展成這種結果。

「基本上，社員一旦離開就回不去囉。」

「真的嗎……」

由比濱放棄抱住雪之下，決定只要摟摟她的肩膀，然而雪之下還是有點排斥。

……可以麻煩兩位不要在客人面前摟摟抱抱嗎？

我向城山開口，轉移他們的注意力。

「你呢？你會期待退出的社員回來嗎？」

「……我看很難。」

他稍微想了想，試著評估這個方法的可能性，但最後還是搖頭。

的確。在運動社團內，我不認為一度離開的人有辦法輕輕鬆鬆地歸隊。這類社團跟鬆散的侍奉社不同，有自己的做法。

運動社團幾乎是靠獨有的倫理觀念在運作，例如上下關係、同伴意識。這是他們的美德，亦是他們的陋習。

羈絆是「絆」，絆腳石也是「絆」。

正因為他們曾是同伴，對脫離者的責難會更強烈。在他們眼裡，一度脫隊的人身上，隱隱約約多出一張「背叛者」的標籤。

尤其這次的情況，那些人是因為學長的嚴苛訓練而退出社團。如果根本問題無法解決，他們不可能回歸社團。

「……不管怎麼樣，在看到實際情形前，我們不方便表示什麼。」

「嗯。每個人可以忍受的程度不同，不如先讓我們看看練習情況如何？」

說不定那位學長的訓練其實不算什麼，純粹是退社者自己太沒用。再說，其他社員不是也咬牙苦撐下來了嗎？

我看向苦撐下來的幾個人，帶頭的城山點頭同意。

「我知道了。但是今天學長不會來，明天如何？」

反正我接下來沒有安排活動，只要雪之下和由比濱方便即可。我用視線詢問她們，由比濱大概也沒有問題，同樣看向雪之下。

雪之下會意後回答：

「好，沒問題。」

「那麼，我們明天見。」

由比濱跟著舉手致意。

「萬事拜託了。」

城山恭敬地行禮，帶著另外兩人離開社辦。

我目送他們離去，接著望向窗外。

現在是黃昏時刻，太陽卻依然高掛天空。夏天才正要開始，此刻的柔道場想必像個大烤箱。

×　×　×

城山等人造訪侍奉社的隔天。

我們三人前往柔道社，觀察他們的練習情形。

柔道場位於體育館一樓，地上設有通風用的窗戶。我們利用這些窗戶，待在外頭窺看。

說到高中社團活動，大家總會聯想到耀眼的青春時光，例如揮灑的汗水、高聲的歡呼、感動的眼淚。

然而，現實並非如此。

我們看到的是泉湧的汗水、痛苦的哀號，與無盡的眼淚。

為數不多的柔道社員，被操到快要嘔吐。

看起來一點也不開心……

最大的原因，正是城山他們提到的那位學長。

柔道場中有一名身著柔道服、威嚴十足的男子，體格很明顯跟別人不同。

他端坐在上座，監視著社員練習。

說練習似乎不太對，我看他只是要大家一直跑步。

以城山為首的幾名社員不斷繞著場內跑步。原來柔道是這麼講究跑步的運動？

關於這個部分，我瞭解得並不清楚，不過，在如同大烤箱的柔道場內跑步肯定非常痛苦。

那位學長瞄一眼時鐘，緩緩起身。

「到此為止。遲到的人，遲到幾秒就繼續多跑幾秒，其他人開始自由對練。」

他不讓大家休息，直接進入練習。

「哇，真的好嚴格……」

從後面探頭的由比濱說道。

「是啊，光是用看的便覺得很嚴格。從健康和安全考量來看，感覺也有問題。」

貼在她背後的雪之下如此附和。

根據我們見到的情況，學長的訓練方式是否恰當的確有待商榷，但也出乎意料地正常。雖然我自己絕對不想接受他的操練，不過，那應該還可以說是「嚴格的社課」。

我多看一會兒，確認是否跟自己的想像有出入。結果，從衝擊練習開始，柔道場的氣氛明顯轉變。

「你這個垃圾，給我去跑到死！」

「不被摔一次就學不會是吧？以前學長也是這樣摔我。不用身體感覺是學不起來的！」

「你們這樣就哭哭啼啼的話，以後在社會上根本活不下去。高中社團其實非常輕鬆，這個社會可是殘酷好幾百倍。」

學長毫不留情地痛罵社員，不斷對他們施以柔道技，而且說教個沒完。

我、雪之下、由比濱通通陷入沉默。

坦白說，眼前的景象對我而言，簡直屬於不同的次元。

這個世界上，想必還存在訓練得比他們辛苦的社團。可是，最讓我感到不對勁的是乖乖服從學長、不發出任何抱怨的社員。

他們的心裡絕對都不好受。

只要是人、是活著的生物，當然會想遠離不喜歡的東西。不認同這個道理的人，腦袋才有問題。

因此，我們無法苛責選擇離開這種環境的人。該受苛責的，是苛責他們的風氣。

看到這裡，我們便明白讓退社者歸隊的選項不可能實現。

「已經夠了吧？」

我離開窗邊，對另外兩人說道。她們也點點頭，轉身回去侍奉社的社辦。

我再看一眼柔道場，依稀瞥見城山默默地練習，然後懷著剪不斷、理還亂的心情往自己的社團出發。

總之，我們已經看清柔道社的現狀。

接下來便是思考對策。

× × ×

回到侍奉社，大家終於鬆一口氣。在戶外待上半天後，進入沁涼的室內，頓時覺得這個地方再舒適不過。

上班族在大熱天跑完外勤回到公司時，八成也會產生進入天國的錯覺。那正是自己已經被訓練成社畜的證明。要是遇到這種症狀，最好盡快向產業醫師（註42）諮詢。

我一邊喝著半路上買的MAX冰咖啡，一邊整理自己對柔道社的想法。

「直接說吧，妳有什麼感想？」

註42 在職場上負責工作者健康管理的醫師。

「你這樣問，我不知該怎麼回答……我沒有看過其他柔道社是如何練習，沒有辦法比較。不過，即使不和其他社團比較，我仍不認為那是妥當的練習方式。」

雪之下短暫思考一陣子，謹慎地挑選字句回答。在評估的過程中，「比較」的確是很重要的一環。但是，有人那麼做不代表其他人可以跟著照做，雪之下的看法應該也包含這一點。

相較之下，由比濱的回答很簡潔。

「那種練習……我真的沒辦法……」

這句話簡短又含蓄。我無法斷定這是她對該項運動的印象，或是針對柔道社社員、那位學長，抑或他們的練習情景，最有可能的恐怕是涵蓋全部的綜合感想。

「自閉男呢？」

「我實在不喜歡。」

我的答案跟她們差不多。

我向來跟運動社團無緣，畢竟大部分的體育項目都要求團隊合作。因此，我對運動的造詣不深，也不太瞭解。

雖然我提不出什麼高見，但目前總武高中的柔道社跟我的價值觀格格不入。

「大家難得意見一致呢。」

沒錯，我們三人皆對先前看到的景象留下負面觀感。

這樣一來，事情便好談。

「可是，他們希望招募新社員……」由比濱再次確認柔道社的委託。

他們的委託就是如此，沒有其他內容。所以，招募社員是我們的第一要務。

「看來只好到處拉人。」

「那麼，得先從提升形象著手。」

先不論總武高中柔道社，總之柔道本身是很好的運動，有許許多多的優點。若不讓大家瞭解這一點，很難吸引新社員加入。

按照這個道理思考，第一步當然是提升柔道的形象。

三個人動腦思考半晌，首先想出點子的是由比濱。她拍一下手提議：

「啊，用『學柔道的男生最帥氣』來宣傳！怎麼樣？」

好膚淺……

由比濱的雙眼閃閃發光，可惜無助於改變她的意見很膚淺之事實。

「別人這樣對妳說，妳信不信？」

「……當我沒說。」

她一被我反駁，立刻收回建議，不太服氣地坐回椅子上。

人們經常為了「感覺很帥氣、會大受歡迎」的理由嘗試新事物，可是，請先冷靜下來，多考慮幾秒鐘。事實上，男生不可能因為從事什麼運動或玩樂團，就變得很帥氣、大受歡迎。

受歡迎的人做什麼都很受歡迎。真要說的話，就算他們什麼都不做，一樣很受歡迎。不受歡迎的男生早已領悟這個真理，不可能上當。

我們繼續思索其他方案，這次換雪之下開口。

「可以減重？」

「柔道可是真正的肉體勞動，連吃東西都算練習的一部分。」

對從事激烈運動的人來說，身體是相當重要的資本。為了培養強健的肉體，以及攝取足夠的熱量，他們的食量非常驚人。聽說在運動領域裡，「食量大」本身即為一種才能。

由比濱聞言露出苦澀的表情。

「咦～～那樣不是會練出肌肉嗎……」

從她的反應可以得知，肌肉的魅力似乎不是很大。

再說，如果要吸引想練肌肉的人加入社團，要他們把高蛋白飲料當水喝不是更快？

時間一分一秒過去，大家只是盤手沉吟，遲遲想不出好點子。

待長針走了快要九十度，雪之下鬆開雙臂，稍微伸展筋骨，重新整理思路。那模樣好像一隻睡飽的貓。

「也許在提升形象之前，必須先徹底改變形象。」

她得出這個結論，說穿了即是放棄思考。這也沒有辦法，既然柔道圈內的大人物都為此那麼傷腦筋，我們怎麼可能在短時間內想出解決辦法。

縱使有什麼創新想法，也缺乏支持論點的材料，而且以我們的力量很難推動。

「顛覆既定觀念，哪會那麼簡單。」

「嗯……不然，還是先一個個慢慢拉人吧。」

最後，由比濱提出最直接的方法。然而，最直接的方法不等於正確的方法。

「光是出去拉人，他們也不見得願意加入。如果那種方法有效，柔道社早就被新社員塞滿。」

我不認為對柔道有興趣的男生真的那麼少，只不過缺乏推他們一把的理由和環境，讓人難以踏出第一步。

「而且，中途加入的人比較辛苦。」

「……的確。」

由比濱想了一下也點頭同意。

其實，不只是柔道，這個道理在打工場所也說得通。舉例來說，既成的人際關係非常恐怖。公司舉辦的明明是迎新會，卻只有自己人玩得快快樂樂，到底是什麼意思？是想委婉地告訴我「滾一邊去」嗎？這豈不是要我摸摸鼻子，趕快把工作辭掉？

如果以為中途加入的可怕之處僅止於此，那可就大錯特錯。

「還有，每個人的運動實力落差很明顯，所以大家才會猶豫。」

雪之下聽了，再度盤起雙手。

「嗯，也就是說，我們應該強調『現在開始學習還是能變強』。」

「說得正確些，是強調『中途加入沒有什麼好丟臉』。」

「喔~這個方法不錯！不然看到其他人那麼厲害，一定會感到自卑……」

謝謝妳同意我的意見。多虧由比濱太容易在意周遭的眼光，才能馬上體會這種心理。

雪之下同樣很佩服，臉上寫著「哇~我從來都不知道」。

「原來如此，不愧是獨具慧眼的比企谷同學。若論比不上別人這一點，絕對沒有人比得上你。」

「等一下，麻煩妳注意自己的口氣。別看我這樣，我可是很優秀的！」

我過去打工時，學習速度堪稱一流，結果被人在背地裡抱怨「那傢伙一點都不可愛」。這樣可以算是優秀吧？

很遺憾的是，雪之下不理會我，逕自開始整理要點。

「所以，我們的宣傳方向是讓人覺得柔道社都是一群生手，沒什麼了不起；就算早已錯過學習的黃金時期，還是可以吸引眾人的目光。這樣沒有問題吧？」

大致上沒錯，但表達方式很殘忍……

我們終於歸納出方針，可是，距離解決問題仍很遙遠。而且，隨著重點逐步浮現，達成條件也越來越複雜。

為了達成這些條件，正規方式顯然不可行，將每個問題拆開各自解決可能比較好。

不論使用哪一種方法，如何宣傳都是很大的問題。「生手」跟「魅力」又是互相衝突的概念……

我的腦筋動到一半，由比濱突然舉手。

「啊！選我選我選我！」

「……請說，由比濱同學。」

雪之下受不了她小學生般的舉動，無奈地配合演出。

不知為何，由比濱特地從座位上站起，滿面笑容地回答：

「舉辦活動如何？不是有很多跨校型（註43）的社團嗎？聽說那些社團經常舉辦活動，吸引大家參加。」

她對自己的點子非常滿意，劈里啪啦地一口氣說完。雖然聽懂那一串連珠砲不是問題，但其中混進一個陌生的詞彙。

雪之下的頭上也浮現問號。

「跨……妳說什麼？」

這時，我腦中閃過一個想法。

「印度咖哩的簡稱嗎？」

註43　此處原文為「インカレ」，是英語「inter college」的簡稱。之後提及的印度咖哩為「インドカレー」。

把這個字跟「CoCo 一番屋」擺在一起，完全沒有任何不自然。嗯，感覺某個喜歡咖哩的配音員會喜歡這個話題。

由比濱搖搖頭，否定我們的猜測。

「不是啦！就是那個什麼……什麼字的省略！大概。」

她自己也說得很沒把握，不過雪之下倒是瞭然於心。

「我知道妳要說什麼了。那是『跨校』，多所大學互相交流的意思。」

不愧是雪基百科，大量收錄各式各樣的專業詞彙。

雪之下解開謎團後，由比濱繼續比手畫腳地說明。

「沒錯沒錯。有些大學社團是由不同學校的人所組成，要是他們在校內收不到足夠的社員，會舉辦很多活動吸引大家參加。我聽說他們還經常跟高中生交流喔！」

儘管她說得一派輕鬆，我聽完這些內容，卻快要嚇出一身冷汗……怎麼回事，難道大學生都是那副德行？他們自己拚命玩耍就算了，還把高中生拉進去……討厭啦，太可怕了！看來跨校社團是人渣男跟放蕩女的巢穴（偏見）。由比濱該不會很常跑那種地方……

我此刻的臉上肯定寫滿厭惡，搞不好還發出「天啊……」的呻吟。

由比濱注意到我的反應，紅著臉急忙為自己辯解。

「人、人家才沒有去過那種地方！只是從其他學校的人聽說而已！」

雖然由比濱這麼說，但我實在無法相信，仍用懷疑的眼神盯著她。於是，她偷偷別開視線，用蚊子般微弱的聲音補充：

「而且參加那種活動，感覺有點恐怖……」

既然覺得恐怖，妳可以選擇不要參加。而且，有些人聽到這種活動，也會產生不必要的擔心。

傾訴了對於跨校社團的厭惡之後，我的心情輕鬆一點。話說回來，真的有人用那種方法招收新人的話，確實不失為一個參考。

「他們會辦什麼樣的活動？」

由比濱一邊回想一邊回答。

「嗯……如果是網球社團，會舉辦同樂性質的網球比賽、保齡球比賽，還會一起烤肉，歡迎新手參加。」

「保齡球比賽……咦，妳剛才說什麼社團？」

「網球社。」

明明是網球社，為什麼要打保齡球？難不成是為了打出魔球，特地去練習甩手腕嗎？跨校社團果然很恐怖。

由比濱把我擱在一邊，繼續說明。

「所以，我們也可以舉辦同樂性質的柔道比賽，請柔道社的人參加，下場跟大家一起玩。」

同樂嗎？原來如此。

既然是同樂性質的柔道比賽，男生或許比較有興趣而想參加。如果柔道社的社員配合放水，陪大家一起玩，自然不會讓人有彼此實力落差很大的印象。這說不定是個意料之外的好辦法。

同一時間，雪之下也在腦內完成沙盤推演，點頭表示認同。不過，她點頭到一半又突然停住。

「學校會不會同意這個提案……」

她對由比濱的想法本身沒有意見，而是在意手段。不過，我想這不是問題。

「學校對社團活動的規範很寬鬆，沒有理由不同意吧。」

看看這個侍奉社即可明白。另外，別忘了遊戲社那個莫名其妙的社團。

況且，之前也有其他正當社團提出活動申請，學校欣然同意的例子，例如茶道社經常邀請社外人士參加他們舉辦的小型茶會。

雪之下理解我的意思，但表情仍然沒有和緩。

「邀請大家參加活動的確是個辦法……問題在於，抱持遊樂心態前來的人，早晚會退出社團。」

「……沒錯。」

「說什麼『沒錯』……」

由比濱見我淡淡地應聲，不知該如何反應。

不過，我當然回答得很平淡，因為那是預料之內的事。連剛入學便加入社團的人都想退社的話，新加入的社員只會更容易退社。為了避免這個情況，我們必須預先採取手段。

「因此，我們得同時改變環境。」

這句話的意思相當明顯，雪之下也明白。

「讓那個學長消失對吧？」

我領首表示「完全正確」。

只要一天不根除問題的元凶，問題將持續循環，甚至傳出不好的風聲。那樣一來，更沒有人願意接近柔道社。

答案已相當明顯，但由比濱依然有所顧慮，露出為難的表情。

「可是，我不覺得柔道社的社員，尤其是那位社長願意幫我們……」

「的確，我看得出他很仰慕那個學長。」

「哪裡是仰慕，根本是盲從。」

城山盲從的恐怕不是那位學長本身，而是社團裡的上下關係和同伴意識。在他的觀念中，學長提出不合理的要求是再自然不過的現象。

我們學習過歷史，可以從數不清的真人真事明白，要一個人捨棄信仰是多麼困難的事。因此，我們最好不要指望城山會提供協助。事實上，他絲毫沒有表現出要趕走那位學長的意思。

「不靠柔道社協助，讓那個學長消失的方法……」

雪之下緩緩閉上眼睛，由比濱則翹起椅子前後搖晃，盯著天花板思考。過一會兒，她恢復原本的姿勢，豎起手指提議：

「去跟其他老師或教育委員會的人說說看！」

「校方不會希望問題傳開的。」

我們學校好歹是升學型高中，社團活動指導過當之類的事情曝光，可是非同小可。即使向相關單位舉發，校方也可能做做樣子，隨便調查一下，再對外堅稱「沒有相關情事」。這樣的話，問題將永遠被壓下來。

雪之下也皺著一張臉，認為這樣不可行。

「嗯……校方頂多口頭告誡一下顧問老師吧。」

「最壞的情況是，校方認為整個社團都有問題而暫停他們的活動。」

另外一種可能，是問題根本不被當成問題。萬一該名學長的指導方式被認定在正常範圍內，等於得到公正的第三方認證。那樣只會造成反效果。

參加格鬥類型的社團活動，難免有受傷的風險。有沒有在這個前提下，以盡可能確保社員安全的方式進行教學，我們這種外行人根本不懂判斷的標準，想法可能跟專家有些微出入。

所以，最好不要走這步險棋。

「看來只能說服學長，請他自己離開……」

除卻不確定的要素，這已是我能想到最理想的方式。

由比濱跟雪之下仍是一臉複雜的表情。

「不過，由我們局外人去說，他不可能聽進去。」

「那只好請比顧問老師和學長更有分量的人一道前往，前提是找得到這樣的人。」

雪之下露出無奈的微笑這麼說，由比濱則露出困惑的苦笑。

雖然雪之下的話多少有些自嘲成分，然而，那也是我們僅有的做法。

「好吧，就這麼辦。」

「咦？」

由比濱聽了睜大眼睛，雪之下也倒退一步，朝我投來驚訝的眼神。

「不要說是朋友，連認識的人都沒有的你，要去哪裡找那種人？」

妳知不知道前半句很多餘？為什麼要先鋪陳那麼長一串？不過，既然她說的都是事實，我沒有什麼好反駁。

我一邊動腦一邊說出自己的想法。

「這個我自有答案，我現在就做給妳們看。說得更正確些，為了達成目的，我們更要舉辦活動才行。」

「你打算找人參加活動？已經想好名單了嗎？」

由比濱湊上前好奇地問。我的嘴角揚起不懷好意的笑容，宣布整理出的結論。

「全世界地位最高的社外人士，就是『所有人』。」

「喔……」

由比濱發出似懂非懂的應和聲。原來不太好理解嗎？

雪之下倒是露出理解的微笑。

「故弄玄虛半天，一樣不是你認識的人嘛。」

……是啊，妳說的沒錯。只有我單方面認識對方，對方根本不知道我的存在。

× × ×

第二天，我們立刻著手規劃活動。

首先是向城山帶領的柔道社說明計畫。這個步驟並不困難，只要用「辦一場盛大的活動吸引所有人目光，有助於招募新社員」的說法，他們便能輕鬆明白。

只不過，我們完全沒提背地裡進行的另一項計畫，畢竟社團的反對會造成阻礙；再說，不論我們抱持何種看法，至少都希望是讓那位學長自願離開。這一點其實沒有特地說明的必要。

第二個步驟是跟學校交涉。

我們會在校內開放報名比賽，屆時校方勢必會關切。要是進行到半途，校方突然從中介入，只會教人掃興，所以事先知會一聲，可以免去之後的種種不便。

初步交涉的對象是柔道社的顧問老師。話雖如此，負責交涉的人不是我，招募新社員的示範活動由城山負責說明。

好在這位掛名顧問也注意到最近社員流失的問題，一口允諾我們的計畫，僅提出必須確保安全無虞的要求。關於這一點，柔道社的成員在活動期間會全程在場，所以沒有問題。

活動場地也不是問題，直接使用體育館的武道場即可。

到目前為止，事情進行得很順利，接下來只剩下招募參賽者。

我自己也得下場比賽，所以非湊齊隊員才行。不過，更重要的一點是得至少招募到最低限度的參賽者，以讓比賽順利進行。

總之，目前先由雪之下製作活動傳單，印上好幾百份到處張貼，同時請柔道社幫忙發傳單。

然而，這種方式能達成的效果相當有限。管弦樂社和茶道社也經常製作看板、傳單之類的東西宣傳活動，但一般學生仍不太踴躍參加。

這種類型的活動，十之八九是靠人脈一個拉一個參加。

既然要靠人脈，我跟雪之下當然完全派不上用場；柔道社的交流範圍也不廣，無法期待有什麼成果；雖然還有由比濱這個希望，但完全靠她自己的人脈，還是很難湊齊可以舉行比賽的人數。

照這樣看來，我們必須尋找更有效率、效果更好的方式。

吸引眾人參加活動的最大要素是什麼？

答案是：活動陣容。

正常情況下，活動內容當然也很重要，但這次的活動就是柔道比賽，除此之外沒有什麼讓人耳目一新的內容，所以，我們得讓大家把注意力移到其他項目上。

值得慶幸的是，我知道本校最有號召力的人物是誰。

於是，我和由比濱前去跟他交涉——好吧，主要是交給由比濱負責。

午休時間，二年F班的教室一樣熱鬧。暑假即將來臨之際，大家都按捺不住雀躍的心情。

為了達成「葉山隼人 S1 Grand Prix（總武高中柔道大賽）閃電參戰」的夢幻陣容，這一天我特別留在教室，沒有去外面。順帶一提，活動名稱是我自己取的。

前一陣子，葉山光是參加臨時舉行的業餘網球賽，便輕鬆吸引一票人觀看。既然如此，如果是事前充分預告的比賽，自然能期待他吸引更多觀眾。所以，葉山是我們說什麼都務必要拉攏的對象。

不過，負責跟葉山溝通的人不是我，而是由比濱。

「那麼，我去跟他說說看。」

我買完麵包回來，簡單跟由比濱討論一會兒，她便意氣風發地回去所屬團體。

我坐回自己的座位，仔細觀察那邊的情況，一邊豎起耳朵專心聆聽，一邊享用自己的午餐。

為了避免由比濱詞窮，我得做好隨時在暗中支援的準備。話說回來，暗中支援的難度反而很高……

由比濱一過去，立刻進入主題。

「對了，你們知不知道柔道社要舉辦比賽？」

「喔……」

三浦咬著麵包，一副興趣缺缺的樣子。她即使沒有興趣，多少還是會回應，說不定其實是個不錯的人。

然而，看三浦一隻手拿麵包，另一隻手玩手機，我不禁為她捏一把冷汗，擔心她會不會錯把手機咬下去。建議妳吃東西的時候，最好不要分心在手機上，何況妳現在還是跟大家在一起。只有獨行俠可以在吃東西時玩手機喔。

三浦的態度並未讓由比濱失望，她繼續說下去。

「不覺得很像校內最強爭霸戰嗎？」

「嗯，我也有看到傳單。」

葉山迅速幫忙接話，不愧是懂得聽人說話，能適時配合話題、拿捏現場氣氛的男人。由比濱大概就是在等這一刻，立刻問葉山：

「隼人同學，你看起來很喜歡這種活動，要不要參加？」

這種邀請方式未免太隨便……我完全看不出他會喜歡那種活動……

「咦？我、我像那種人嗎？」

看吧～是不是被我說中啦～人家被妳說得一愣一愣的。葉山可是大家公認的陽光爽朗男孩，形象跟柔道完全相反。

而且，不是只有我抱持這種想法。

「哇哈哈！不搭啦！隼人跟柔道一點都不搭！」

戶部首先發出爆笑，大和跟大岡跟著笑起來。

見狀，由比濱展開行動。

「啊，戶部，你要不要也參加？感覺你好像滿厲害的，雖然我不清楚實際上如何。這次是三人團體賽，你可以跟隼人同學一起上喔。」

「咦……嗯～～其實我有點……」

嗯，由比濱打算從外側包圍葉山嗎？原來她沒頭沒腦地開啟話題，不是事前沒有計畫，而是為了方便做球給戶部……我猜是這樣，但也可能不是。總覺得那個人把話說出口前，根本沒有特別思考過。

我看不出由比濱究竟有多少話是事前盤算過的。這時，另一個更難以捉摸的人忽然顫抖一下。

「……一起上？柔……柔道……非常好！」

海老名似乎在咀嚼先前聽到的字眼，慢了好幾拍才產生反應。

「喏，拿去。」

三浦扔給她一包面紙，以免海老名隨時噴出鼻血。海老名道謝收下，抽出一張面紙按住鼻子，接著亢奮地說道：

「好好好！柔道真是太棒了！」

「嗯～～其實我有點……有點自信喔……！」

海老名一豎起大拇指，戶部不知為何立刻轉變態度，改為給予正面肯定。那句話的語感跟前一次略有不同，日文真是困難……

「所以男生會交纏在一起，出現受身動作？誰！是誰要受身？比企鵝同學嗎？」

拜託不要扯到我……我感受到銳利的視線，連忙把頭別開。

那群人繼續討論參加與否，我小心地回頭偷瞄一眼，正好看到提起興致的戶部拍拍葉山的背。

「隼人，你也參加吧！」

「嗯……平常的確不太有機會……」

在由比濱跟戶部的接連慫恿下，葉山不好意思再拒絕，態度逐漸鬆動。

這正是「聖人領域」擁有者的宿命——一旦某種趨勢成形，便無法採取違背眾人期待的舉動。

接著，三浦補上臨門一腳。

「隼人參加的話，我會去看喔。」

連先前完全沒有興趣的人都這麼說，葉山總算下定決心。

「那麼，上吧！」

他爽朗地笑道。

好，目標達成。再來將葉山參賽的消息散播出去，即可吸引大批觀眾。如果活動規模因此擴大，說不定會促使更多人報名比賽。

「我們也參加吧。」

「嗯。」

葉山點頭後，果然出現連鎖反應，大和與大岡也決定加入。

基本上，男生都喜歡格鬥技。

這樣說好像不太正確，應該說男生都對格鬥技有興趣，大家肯定嚮往過「最強」的封號。

因此，只要有一個好的契機，不難勾起大家當年的回憶。

葉山集團的四個人皆確定參加比賽，三浦也表明會到場觀賞。以總武高中來說，這樣的陣容已經相當豪華。

這時，葉山忽然想到什麼，兀自低喃：

「不過，比賽是三人一組……」

他倏地起身，跨出大步。我的視線不自覺地追過去，看他要去哪裡……咦？為什麼往我這裡走來？難道他要找我附近的哪個人嗎？

在短短幾秒的思考時間中，葉山已經走到我面前。

他停下腳步，露出潔白的牙齒笑著詢問：

「比企鵝，你要不要跟我組隊參賽？」

這傢伙知道自己在說什麼嗎……

儘管聽得懂這句話，我卻猜不透他背後的用意。不過，既然對方開口邀約，我便得給予適當的答覆。

「呃，不需要。你看我這樣子，要參賽實在有點難度。」

不管三七二十一，先拒絕再說——這才是正確的應對禮儀。

然而，葉山並未就此打退堂鼓。他不改笑容，繼續說服我。

「嗯……可是，戶部那三個人自己組成一隊，我被踢出來了。」

「咦？這樣啊。嗯……」

在葉山直直注視下，我給出一個不置可否的回答。他看到我的反應，聳聳肩說：

「所以，怎麼樣？建議我那麼做的人，可是你喔。」

喔，原來如此，他要搬出前一陣子職場見習的事說服我是吧？

當時，我的確提出把葉山跟另外三個人分開的方法。如果這次比賽也比照辦理，葉山便不會跟他們同一組。這樣一來，幫忙湊人數的責任自然又落到我身上。

事情發展至此，我只剩下「答應」一條路可走。要是因為湊不到人數，使葉山放棄參加比賽，將造成更大的損失。

「……不過，還差一個人喔。」

我用這個方式表示答應。葉山聽了，得意地笑說：

「那麼，能麻煩你再找一個人嗎？」

「得了吧，我根本沒有可以約的朋友。」

不管怎麼想，由葉山再找一個人絕對快上許多。我暗示葉山「你自己去找」，卻被他輕鬆閃過。

「明明就有『他』啊。」

「他」？「他」會是誰……啊！我知道了，是戶塚沒錯吧！

「啊，對喔……」

我恍然大悟，下意識地開口。

「嗯，材木座同學看起來很厲害，找他來應該很適合。」

咦？原來你是指他……

既然葉山親自點名，我只能乖乖請材木座參加。葉山是達成這次委託的關鍵，為了讓他欣然參加比賽，我們得盡量滿足他的要求。真是逼不得已……

我絕望地垂下肩膀。葉山把這個動作當成頷首，對我點一下頭。

「那麼，拜託囉！」

他說完便回去自己的座位。

雖然我對於跟材木座一起參賽感到絕望，但以侍奉社的角度來看，倒是一個好機會。我本來只把葉山當成吸引觀眾用的招牌，不過，如果他能成為戰力，對我們來說是好事一件。

計畫已經有些眉目，接下來端看能執行得多徹底，以及活動當天的大賭注是成是敗。

×　×　×

乍看之下，這場柔道比賽只是玩票性質的小小消遣活動，只不過吸引到的參賽者跟觀眾多得超乎我們預料。

這時正值暑假開始前，說不定也是原因之一。

在這之後的一個月，大家將暫時脫離校園生活。今天這場規模適中的娛樂，正好成為最後一波高潮。

柔道場本身的空間不大，很多人直接站在場外看，營造出人山人海的錯覺。

在上座附近待命的城山環視全場。儘管他不是隨便把感情表現在臉上的人，我依然看得出他心中的萬千感慨。

「我完全沒想到會來這麼多人。謝謝你，你幫了大忙。」

現在道謝沒有意義，因為還沒有任何問題獲得解決。

重頭戲才正要開始，而且，我不認為他看了我做的事，還有辦法跟我說謝謝。

因此我顧左右而言他。

「對了，今天學長會來吧？」

「嗯，我有按照你說的請他來，應該快到了。」

他真的能來的話就太好了，唯有那位學長不在我們能掌控的範圍內，只能拜託城山邀請對方。我們最擔心的，正是這個充滿不確定性的部分。

多虧城山幫忙協調，學長答應從活動開始便來觀看。不知他到時候會出現什麼反應，我無法得知他對遊玩性質的柔道抱持何種看法。

「他有沒有對這場比賽說什麼？」

「……沒有。不過，他也沒有特別生氣。」

城山回想自己跟學長的溝通內容，確認後才一字一句謹慎回答。看樣子，對方不是抱持否定的態度。

畢竟他從這間學校畢業後，還特地回來指導社團，我本來擔心他是不是偏好封閉性組織，好在實際情形沒有那麼嚴重。

不過，今天的比賽兼具招募新社員的目的，他可能因此睜一隻眼、閉一隻眼。

「嗯，那就好。你們可要讓學長看清楚，自己有努力把社團撐起來。」

「……是啊。」

城山似乎羞赧了一下，但由於他長得一張馬鈴薯臉，我看不出實際上究竟是如何。

「總之，希望今天的比賽能辦得熱鬧。待會兒再聊吧。」

我暫時向城山告辭，走向入口附近。

這裡設有供參賽隊伍報到的長桌，由比濱正坐在接待處發呆。

雪之下站在她背後，將賽程表寫於模造紙上。

參賽隊伍總共有八組。

除了我、葉山、材木座這組，以及柔道社組成的一組，另外六組是依報名順序錄取的。畢竟隊伍太多的話，不但消化不完，還會使比賽變得冗長。

如同「快樂的時光總是過得特別快」這個道理，縮短比賽時間可以提升活動密度，讓大家覺得更開心。這是反向操作的效果。

再說，你想想看，萬一氣氛不幸冷到極點，趕快把比賽比完早早收工，不是也很好……

「差不多要開始了。」

正在玩手機打發時間的由比濱聽我這麼說，抬起頭回答：

「嗯，大概等隼人同學一來，大家便跟著來了。」

葉山確實說過他會等比賽開始時，再暫時離開足球社的練習。不過，既然有我這個同隊的人在，當然不必擔心報到的問題。戶部那一組也由我先代為報到，之後只要等他們來參賽即可。

接著，我看一眼賽程表。

雪之下將完成報到的隊伍填到表上。我這組跟柔道社那組分別位於左右兩端，這樣一來，在進入決賽之前，我們完全不會對上。

「比企谷同學。」

雪之下察覺到我，未轉過身直接對我開口。

「嗯？」

「我已經照你的要求，把你們跟柔道社排在兩邊。但如果你們不能晉級，一樣沒有辦法實現計畫吧？」

「……嗯，沒錯。」

「你還是老樣子，那麼亂來……」

她受不了地嘆一口氣。不過，我也不是沒想過這點。

「即使我們輸了，照樣可以用表演賽的名義再來一次。反正要做的事情一樣，只是方式有些不同。」

「的確……不管是哪一種方式，最後都不太好受。」

雪之下寫完賽程表，總算轉過身對我輕輕一笑。

「不過，就算不是我參加比賽，我也不希望自己的社團輸得太難堪。所以，請你至少輸得好看一點。」

「不要以我會輸掉比賽做為前提好不好……」

還沒開始比賽，我便先失去信心。為什麼她有辦法帶著笑容說出那種話？好吧，她說的也沒錯，我輸掉比賽的確沒有關係。

正確說來，只要順利舉行這場比賽，那位學長也到場，我的計畫便已完成百分之八十。

這場比賽的目的確實包含宣傳柔道社，讓他們招收新社員，但這頂多稱得上是目的之一而已。

另外一個目的，是讓那位學長從此消失。

達成這個目的的關鍵，是讓他的威信掃地。只要給予一定程度的攻擊，使他以後沒臉再來這間高中、再來這裡的柔道社，那就成了。

我事先想過幾種方法，但這些方法皆免不了日後會對柔道社造成影響，所以我不得不審慎面對這個問題。

最有效的方法，當然是請學長參加比賽，然後在比賽中打敗他。

然而，這個方法太不切實際。

再怎麼說，對方好歹是靠柔道保送進入大學，最好不要奢望我們這種外行人贏得了他。

既然如此，便得採用次一等的策略。

「時間差不多了。」

雪之下看向時鐘，比賽時間即將到來。

這時，入口處瞬間變得喧鬧，看來是葉山他們抵達會場。這群人時間算得真準。

「我開始興奮了！」

其中以戶部的嗓門特別大。其他包括三浦、海老名等眾多熟面孔也通通到場。

葉山一發現我，馬上快步跑過來。

「抱歉，我遲到了。」

「不會，時間剛剛好。」

我示意葉山看看時鐘，他才鬆一口氣。

「是嗎？還好還好。對了，那個人也來囉。」

葉山轉過頭，望向一個東張西望、行跡可疑的傢伙，那個人的模樣真像誤闖都會的熊。

「唔……這裡的騷動是怎麼回事……」

他把手放在嘴邊，不時發出「啵」的詭異嘆息。

「你來得真慢。」

我看材木座沒有馬上進入會場的意思，索性直接上前搭話。他起先嚇一大跳，像小動物一般進入警戒模式，發現是我之後才慢慢放鬆下來。

「唔！原來是八幡……我是受到你的召喚才鏘鏘鏘地飛出來（註44），結果這是怎麼回事？」

「喔。比賽。你，選手。跟我，同隊。」

「咦？八幡先生？你說什麼？」

他很明顯露出「我聽不懂你在說什麼」的表情。奇怪，難道我忘記跟他說明？算了，沒差。

註44 出自動畫「噴嚏大魔王」的魔王台詞。

「好啦，別再東摸西摸，趕快進去吧，比賽要開始了。」

「嗚咦！比賽？」

材木座發出「唔～唔～」的怪聲左看看、右看看，最後發現正前方的賽程表。

「唔嗯，至少說明一下是什麼比賽……如果是抽牌決鬥，我或許還應付得來……」

「日式決鬥，跟你說的有點類似。」

「你絕對在騙我！」

材木座的頭上湧出汗水，我懶得再聽他多說什麼，直接把他硬推進柔道場。

我推到一半，葉山也來幫忙，這傢伙真是好人。不過啊，真正的好人才不會幫忙把材木座硬推進去。

「多多指教，材木座同學。」

葉山隨時隨地不忘保持爽朗。他跟材木座打招呼時，當然也是爽朗度滿分。

「喔，喔……」

相較之下，材木座活像一年到頭都悶熱得要命的人型熱帶雨林。他連回答都不好好回答，自顧自地嘟囔：「來者何人？葉山某也在……」

總而言之，我們這組的人終於到齊。

我看向報到處，由比濱用雙臂比出大大的圓圈，看來所有參賽者已聚集在此。

我再看向雪之下，雪之下點點頭，指著自己的手錶。

雖然有點超過預定時間，不過一切都已準備就緒。

最後，我看向上座處的城山。

他正在跟不久前到達的學長交談，沒注意到我的視線，而是一年級的番薯芋頭二人組——津久井和藤野，對我微微打了招呼。

所有演員皆已就定位。

接下來，決定總武高中最強封號的爭霸戰「S1 Grand Prix」即將揭開序幕。

× × ×

身為本次比賽名義上的主辦者，城山首先發表極簡單的致詞。

其實他跟平時一樣木訥，不過聚集在此的觀眾興致都很高昂，大家還是報以熱烈的喝采。

緊接著開始第一場比賽——柔道社跟另一群不認識傢伙的對決。

比賽結果，由柔道社輕鬆拿下勝利。之後的第二、第三場比賽受到輕快節奏的影響，皆俐落地分出勝負。

被安排在第二場比賽的戶部組順利進入前四強。說是這麼說，但由於比賽只有八隊，大家一開始便是前八強。

賽事順利地進行下去，再來是第四場比賽，亦即我們的第一戰。

我們換好借來的柔道服，踏上正方形場地。

途中，材木座一直碎念個不停。

「八幡，這到底……」

「有完沒完，不是跟你說是柔道了嗎？」

他聽到我這麼回話，露出怨恨的眼神。

「你剛才跟我說是日式決鬥……」

「不是差不多嗎？而且這可以成為你小說題材的參考。」

「唔……原來如此。」

這不過是我臨時編出來的藉口，沒想到材木座真的接受，還「呼嚕嚕」地點頭。等一下，正常人點頭時根本不會發出那種聲音。

如此這般，我順利地開啟他進入中二病模式的開關。另外一個可能，是他在那麼多人面前太過緊張，導致腦中的某個地方故障，自動切入劍豪將軍模式。進入這個模式後，他將不會在意旁人的目光。糟糕，材木座即將寫下一頁新的黑歷史……

我們在榻榻米上整齊站好。

裁判是由番薯芋頭二人組的其中一方，呃……津久井？還是藤野擔任。他們大概是輪流負責吧，雖然我也不太確定。

裁判發號施令，所有人互相行禮後，對方隊伍非先鋒的人暫時退場，看來他們已經決定好出場順序。

「我們要怎麼安排順序？」

決定出場順序也是戰術之一。這次的比賽不是淘汰制，而是循環制，先拿下兩勝的隊伍勝出。

我明明是詢問葉山，材木座卻搶著開口：

「唔嗯，由我擔任先鋒吧。這場比賽的首功非我莫屬。」

「這樣應該不錯。」

葉山的修養很好，以非常人道的態度接納突然發作的材木座。

「那麼，我擔任中堅，大將交給比企鵝。」

「這樣沒問題嗎？」

可是我沒有工地用的安全帽，是不是應該趕快準備一頂（註45）？

「我比較擅長在沒有壓力的場上發揮。加油吧，材木座同學。」

葉山笑著說道，輕拍材木座的背。

「啊，是……是的。」

材木座光是跟他說一句話，頭上便頻頻湧出汗水，已快要承受不住。喂，你到底在緊張什麼？難不成你喜歡上葉山？

「抱歉啦，突然把你拉過來。拜託了。」

「何必見外，包在我身上！」

註45 指「哈姆太郎」的角色大老闆，原名為「大將」。

奇怪，為什麼一面對我，你又回答得一副很了不起的樣子，而且看起來真的很可靠？我模仿葉山輕拍他的背，結果，手在他的背上滑一下。

……咦，這傢伙是兩棲動物不成？我剛剛摸到的是汗嗎？還以為他在身上抹凡士林……葉山竟然有辦法不露半點厭惡，果然厲害。

我跟葉山離開榻榻米，準備觀賞先鋒戰。

材木座的動作比我想像的更敏捷，不過，對手也不是省油的燈，不一會兒便捉住他的袖子。

可是，就在下一瞬間，對手的五官因為恐懼和厭惡而扭曲，觸電似地放開好不容易捉住的袖子，還緊張兮兮地看自己的手。

看樣子，他領教到「材木座沼澤」的威力……

材木座當然不會放過這個機會。

他用力抓住對手的胸口，使出渾身力量摔出去。

在雙方懸殊的體重差距下，對手毫無抵抗之力。

「一、一勝？」

不知為何，裁判用疑問語氣宣布結果。

「喔～」觀眾發出的不是盛大歡呼，而是顯得保守的議論聲，拍手也稀稀落落。

沒關係，贏了就是贏了。

材木座從容地歸隊。

「八幡，怎麼樣？」

「嗯，了不起。」

我是指你的汗水……要是你生錯時代，肯定因為私自造鹽而被處死。還有，那些在場上擦榻榻米的社員，看起來超級辛苦，連我都為他們感到可憐……

「那麼，接下來換我上場。」

葉山英姿煥發地走向場中央。

這一瞬間，四周響起熱烈的鼓掌和歡呼聲。

「隼・人・加・油（嘿！）隼・人・加・油（耶～）」（以下重複）

不僅如此，歡呼還在不知不覺間升級，其中多了呼應的吆喝聲。他們該不會特別練習過這個玩意兒吧……

「隼人！」

在刺耳的歡呼中，三浦的聲音依然很明顯。我看見她揮著團扇幫葉山加油，想不到三浦也是一個追星族。若是其他比賽，她根本不可能有任何興趣，只會一個勁兒地搖扇子，拚命喊「好熱、好熱」……還有，雖然不怎麼重要，我還是想說戶部的吆喝聲真是煩人。

葉山無懼於眾人的熱情，輕輕舉起一隻手回應，那從容的姿態實在很可恨。至於他的對手，早已完全被冷落。

從現場的氣勢看來，誰占優勢、誰占劣勢，答案已很明顯。

比賽正式開始後，分出勝負的速度也快得驚人。

葉山迅速抓住對方的手，以一記漂亮的過肩摔取得勝利。

全場瞬間沸騰，爆出幾乎要掀翻屋頂的歡呼，葉山若無其事地走回來。

「這樣我們便晉級啦。」

「是、是啊……」

老實說，我根本沒有出場的份，所以對這句話有點心虛，但不管怎麼樣，能晉級便是好事。

話說回來，葉山連柔道都會，果然是個狠角色……等等，之前可是有一個人在網球比賽贏過他喔！雖然那個人贏得比賽，卻被眾人忽視……再等一等，我在那場比賽好像也沒什麼貢獻對吧？原來我什麼都不用做，便能輕鬆坐享其成，看來我以後註定是不用工作的命。

雖然我未來不打算出去工作，此刻還是有要務在身。

「距離下次出場還有時間，你們可以隨意打發。」

我這麼告訴葉山跟材木座，接著轉身往上座走去。

預賽結束後，進入準決賽。第一場是柔道社對上戶部組。葉山加入三浦等人的觀眾行列，材木座則找不到容身之處，索性杵在原地。

坐在上座的學長同樣在看比賽，只不過他顯得一臉無趣。

我不知道他的名字，更沒有興趣知道，反正我跟他沒有直接關係，也不認為他是我的學長，現在姑且這麼稱呼他，純粹是方便起見。

「學長。」

我走到學長的身旁，對他開口。

學長不耐煩地轉過頭，發現是陌生的面孔，瞬間閃過疑惑的神情。但他很快地藏起那個表情，隨便應一下聲。

「……嗯。」

他回應之後，我繼續說道：

「不知你覺得柔道社的新嘗試如何？」

「……嗯，還不錯啊，但能夠像這樣玩耍，也只到高中為止。」

他不停揮動扇子，如同要填補對話之間的空白。

我一字一字咀嚼這個回答。原來如此，他屬於這種人——確定對他的印象跟之前看到的相同後，我再說道：

「是啊。城山來找我們諮詢時，我們思考了很多，最後認為像這樣的娛樂性也很重要，所以才找來那麼多人。」

學長聽了，對我眨幾下眼睛。

「……喔，你特地幫忙聚集這麼多觀眾？不過，光知道遊玩是學不到什麼東西的，你們可別對城山太好喔。這個社會比你們想像的嚴苛太多，要是不趁現在好好學習，將來只會變成廢人。」

學長「啪」的一聲收起扇子。我聽到這句話，拚命忍住不要笑出來，接著又說：

「是啊。對了，學長要不要也比一場？」

「……什麼？喔，我考慮看看。」

「我們隨時奉陪。」

我在離去前這麼說。學長大概不太滿意我的應對，我感覺得到他正訝異地盯著我，但我不予理會，逕自離開。

差不多要輪到我們這組比賽。雖然我猜葉山跟材木座同樣會獲勝，所以自己在不在都沒差。

回去跟材木座會合的路上，我跟剛結束裁判工作的城山碰個正著。

「……你跟學長說什麼？」

看來他注意到我的舉動。畢竟我去的地方是上座，城山也始終放心不下學長的事。

「沒什麼，只是跟他討論一下『表演』的事。」

「『表演』？」

城山將有如大顆馬鈴薯的頭歪向一邊。

「對喔，也得先跟你說一下。決賽的大將戰會是我跟學長對決，到時候麻煩你當裁判。」

「我是沒有意見……」

「那麼，『表演』就拜託你了。」

「嗯？」

他仍然聽不懂我在說什麼。

× × ×

準決賽同樣沒有我出場的機會，若要問我做了什麼，只有在比賽結束後，為柔道社送上處理材木座汗水用的拖把。

材木座跟葉山再度分別使出滑溜溜防禦和過肩摔，輕鬆拿下勝利，我們一舉挺進決賽。結果，我還是沒有半點貢獻。

決賽將遭遇的對手是柔道社，想不到他們早已擊敗戶部的隊伍。

補充一下，由於城山是柔道社的社長，為了不讓雙方的戰力差距太大，他沒有參加這次比賽，上場的是津久井、藤野，以及另一位不知名社員。由於不知道他的名字，在此姑且先用「山芋」稱呼。

見他們做起熱身運動，我們也開始為比賽做準備。

這時，一直在遠處觀看的由比濱和雪之下走過來。

「什麼事？我一向不在比賽前主動找人說話。」

雪之下無視現場的熱情，對我說出風涼話。

「那麼，你一整年都在比賽囉。」

「大致上沒錯。所以，妳有什麼事？」

我簡單打發雪之下的冷言冷語，由比濱舉起一隻手打招呼，回答：

「我們是來為你們加油的。」

「喔，多謝……如果輪得到我上場的話啦。」

我看向葉山和材木座，心想說不定他們會延續先前的氣勢，就這樣贏得比賽。

「一定會吧，否則我們無法解決柔道社的委託。」

雪之下彷彿看透我的想法。雖然不知道她究竟看透幾分，但我不得不承認，由她說出這句話，莫名地很有說服力。而且，她沒有說錯——比賽不能就這樣結束。

「……是啊。」

「沒錯沒錯！為了柔道社好好加油吧！」

樂天派的由比濱高舉拳頭，但我實在無法乾脆地附和。

「我也不是純粹為了他們。」

「咦？」

由比濱用疑惑的表情詢問：「那麼，還是為了誰？」但是在我來得及回答前，比賽時間先一步到來。

× × ×

決賽從先鋒戰起便風波連連。

雙方行禮，開始比賽後，才經過五秒鐘……

「咕唔！」

碰——隨著一陣強烈的衝擊，我聽見類似「勇者鬥惡龍」裡，角色撞到牆壁時發出的悶哼。

我揉揉雙眼，仔細看究竟發生什麼事，原來是材木座被柔道社的對手摔出去，倒在地上一動也不動，活像被海浪打上岸的海獅。

裁判大聲宣布：「一勝！」

「材木座那種人，輸了……」

真不敢相信。號稱無人能敵的材木座，竟然輕易被打敗……看來他跟亞姆是相同的宿命（註46）。

「柔道社應該很習慣那種對手。」

不知道什麼時候，雪之下已經坐在我旁邊。

「可惡！滑溜溜戰術失效了嗎？」

「好噁心……」

註46　出自《七龍珠》的角色，經常在首戰落敗，用來突顯對手的強大。

在另一邊抱膝而坐的由比濱補上精神攻擊。人家已經沒有意識了，請不要再鞭屍好嗎？

柔道社員將一動也不動的材木座滾離場地，扔到外面。水分飽滿的材木座像極了一條蛞蝓。

同一時間，場內的觀眾騷動起來。大家目睹材木座被乾脆地秒殺，想必大受衝擊。不過，下一場比賽的準備就緒後，原本的騷動立刻被響亮的歡呼聲掩蓋。

在幫葉山加油的呼聲中，前一戰造成的衝擊早已煙消雲散。

第二場中堅戰相當關鍵，我們絕不能輸。這跟主播經常在轉播中強調「這是一場絕對不能輸的比賽」，最後卻十之八九吞敗仗，或以零比零平手的比賽不同，是真正絕對不能輸的一戰。要是這一場比賽再輸，我就沒有戲可唱。

觀眾的歡呼聲比先前更熱烈。海老名始終維持笑臉，大聲為葉山加油；三浦激動地宣言「只要葉山贏，我就脫掉衣服」，讓男生們充滿期待。對了，戶部仍是老樣子，煩人得要命。

「比企鵝。」

葉山的聲音在大家的歡呼聲中還是顯得非常清楚。

「什麼？」

「你最好先熱身一下。」

葉山拋下這句話，轉身邁開腳步。儘管他說得很含蓄，但是又臭屁到不行。這番勝利宣言簡直是為他量身打造的，契合到讓人憎恨的境界。我的心裡火大歸火大，但他是真的會拿下勝利，所以反而不知該用什麼表情面對他。

讓觀眾陷入瘋狂的葉山旋風，在他步上比賽場地時達到最高潮。

我注意到海老名的聲音忽然消失，轉頭一看，發現她倒在三浦的大腿上，臉上還蓋著溼手帕。難不成她又看到什麼畫面，產生詭異的遐想？

葉山就定位，跟對手面對面。

這時，突然有人打開柔道場的大門。

「啊～葉山學長，終於找到你了～拜託趕快回去社團嘛～」

打開大門的人，是穿著粉紅色運動衫、留著亞麻色及肩長髮的女生。她慢吞吞的聲音明顯與現場的緊張感格格不入。那個人不管現在比賽到一半，無視眾人因她的登場而暫停動作，毫不猶豫地朝葉山走去。

葉山看到她，難得心生動搖。

「伊、伊呂波……」

「葉山學長一直不回來，一年級的都不知道要怎麼辦啦～」

「啊，喔……可是，我現在有點……」

葉山還要說下去，名叫「伊呂波」的女生卻根本不聽，直接拉住他的袖子。

咦，那個人是誰？

我正感到納悶時，戶部從觀眾席起身對她開口。

「抱歉啦，伊呂波。我先回去，妳放過隼人好不好？」

「啊，戶部學長沒有關係。」

「喔、喔……」

戶部被對方笑著賞一個軟釘子，沒有多說什麼又乖乖坐回去。

「葉山跟戶部認識那個人嗎？」

我問雪之下和由比濱，雪之下搖頭表示不知道，由比濱則好像知道什麼。

「啊，是一年級的一色學妹。她是足球社的經理。」

所以她叫做「一色伊呂波」對吧？好，我記住了，她是個危險人物。

……那個女的是狠角色，絕對錯不了。我的靈魂正在低語：「千萬要提防外表和氣又溫柔的美少女。」（註47）

那個散發危險氣息的足球社可愛女經理抓住葉山，直接把他往外拉。她的行為頗像任性的小公主，全場沒有一個人敢出言責備。

「趕快阻止她比較好吧？」

僅剩雪之下還有行動力，但她也不知道該怎麼做，才用疑問的語氣向我確認。

「不需要，大可不用管她。」

「是嗎？」她對我的回應感到訝異。

可是，雪之下，妳自己還不是從頭到尾坐著，連動都不動一下……

註47　出自「攻殼機動隊」的台詞。

也罷，就算冰之女王坐視公主搗亂，還有另一個女王會出手。

「我說妳啊～」

這次換三浦起身。我看得出她身邊的空氣因高溫而晃動。

「難道看不出現在隼人沒空嗎？」

她一開口，所有聽者的耳朵幾乎要被灼傷。但是，微風公主好像不太害怕。

「咦～可是，社團的問題也得解決……」

「啥？」

一色用柔軟的態度回應，使三浦的怒氣持續升溫。

「好啦，別這樣。」

葉山見情況不對，趕緊擋在雙方之間，安撫三浦的怒火。一色則躲在葉山的背後，嚇得揪住他的衣襬顫抖。

一色像小動物般的舉動更加觸動三浦的神經。三浦垂下頭，「嘶……」地吐一口長長的氣。

「……隼人，你先回去社團沒關係，但我有一～點話要跟她說。」

「呃？」

葉山發出錯愕的聲音，僵在原地。

下一秒，三浦抬起頭，露出我認識她以來所見過最燦爛的笑容。

「要加油喔♪」

三浦說完，馬上拉著一色往外拖，不顧她拚命哀號「葉山學長～」。

「比企鵝，抱歉！我很快就回來！」

葉山察覺到不能放任她們兩人不管，連忙對我合掌道歉，然後追了上去。

省省吧，你短時間內肯定沒辦法回來……大家的注意力，都要被你們的場外亂鬥吸走了……

其他人也議論紛紛，猶豫著該怎麼做。

真是一到緊要關頭便派不上用場的男人……不過，看在他一路幫助我們晉級到決賽的份上，我也就不計較了。

問題在於，這下子中堅戰豈不是開天窗嗎？

「現、現在要怎麼辦？」

由比濱維持抱膝的坐姿靠過來。

「要不戰而敗嗎？還是由我遞補上場……」

「那樣的話，最後一戰一樣沒有人比，結果被判不戰而敗。」

由比濱說的很有道理。那麼，現在到底該怎麼辦？我煩惱到一半，雪之下沉著地開口：

「不會不戰而敗。」

喔喔，不愧是雪基百科，連柔道比賽的規則都知道。

「由我上場就好。」

她這麼說，然後倏地起身。等一下，那是不是妳自己訂的規則……

「別鬧了，那樣行不通！」

「是啊！怎麼能由女生上去比賽？」

她不理會我們兩人的阻止。

「我不記得這場比賽有限制參加資格，而且又不是官方舉辦的正式比賽，應該沒有關係。」

「當然有關係！不行！絕對不可以！」

雪之下提出自己的理論，但面對由比濱感情用事的反駁，不免開始躊躇。

其實，根本不需勉強雪之下上場。

雖然對手是柔道社的社員，但如果是一年級的山芋或長芋，或許還有辦法應付。我偷瞄過去，正好看見他們三人組聚在一起交頭接耳，還不時紅著臉望向雪之下。

喔？他們才一年級，是不是太高估自己？

「這場由我先上，說不定葉山很快就會回來。」

老實說，葉山趕回來的可能性不高，但這個方法至少比較好。

我起身準備前往比賽場地，卻冷不防被雪之下拉住衣襬，害我差點扭到脖子。

「呃咳！痛痛痛……妳在做什麼？」

我嗆得連連咳嗽，看向雪之下。她則用比平常認真的眼神直視過來。

「那樣做有什麼意義？」

「啊？」

我不悅地反問雪之下想說什麼，她用平淡的語氣回答：

「你設計這個漏洞百出的計畫，不是為了待會兒把那個學長引誘出來嗎？」

「……」

完全正確。我連日來準備這個計畫，將柔道場布置成舞台，就是為了讓學長在這裡失勢。在這種時候打消計畫，讓至今的　切努力付諸流水，無疑是最愚昧的決定。

正因為是最理想的舞台，我的計畫也將發揮最好的效果。要達成這一點，最有效率的手段是現在讓雪之下遞補參賽。

她冰冷的視線使我恢復理智，接下來的這句話，又如同一盆冷水淋到我頭上。

「而且，我不需要你操心。」

她看著對手，露出好強的微笑。

「簡單來說，一次也不要讓對方碰到自己就好。對吧？」

「是這個問題嗎？妳、妳至少先換上柔道服吧！」

由比濱早已放棄說服雪之下，哭喪著臉說道。雪之下也想到這點，點頭同意。

「……的確是。」

「好，我們走！」

談妥一切後，由比濱迅速抓起雪之下的手衝出去。經過不到十分鐘，她們便換裝完畢，回來這裡。

由比濱一副累壞的模樣，還不知為何衣衫不整。換上柔道服的雪之下，則顯得儀表堂堂。

純白色的道服，深藍色的道裙，紮成一束盤在頭上的長髮，外加前幾天見過的那顆丸子——

「妳怎麼穿成那樣……」

「跟女子劍道社借來的！」

由比濱的聲音倒是很有精神。

雪之下轉動、伸展身體，確定服裝沒有問題後，整理一下自己的領口。

「那麼，開始吧。」

她踏上場中央。

等待多時的觀眾看到雪之下威風凜凜的模樣，忍不住報以掌聲。

擔任裁判的城山一時不知該如何是好，看著我思考半晌才點頭。

看來他把我們陣前換將一事，解讀成我說的「表演」。但實際上並非如此……

決賽第二戰，中堅戰重新開始。我已經分不清雪之下的對手是什麼芋來著，總而言之，兩人站定位之後，先彼此對望。光是從他們這一刻的目光判斷，即可看出雪之下會獲勝。

裁判揮動旗子，宣布比賽開始。

剎那間，對手反射性地有所行動。他想必認為雪之下是女生，只要能抓住她，隨隨便便都能把她摔出去、拿下勝利。

非常可惜，那個道理僅適用於一般女生。

你可知眼前這人是誰？她可是雪之下雪乃喔！若純粹論能力，她在千葉縣內排名數一數二，智謀、武勇、才貌均備，個性沉穩又心狠手辣，而且戰無不勝，極度痛恨輸的感覺。在大大小小的比賽中，總是暫定為最強的選手。

如果只是小嘍囉，連摸都別想摸到她一下。

雪之下甚至不讓對方沾到自己的衣袖。

她判讀對手的呼氣，預測下次何時吸氣、如何移動腳步，再來便是將自己的最佳解套入對方可預見的行動中。她的腳步如舞蹈般優美，身段如鬥牛士俐落，對方完全落入雪之下的掌控。

目標是虛無的空中。

大家看清楚時，勝負已經分曉。

——咚。

對手倒地，傳出偌大的聲響，雪之下輕輕吐一口氣。

觀眾突然置身於不尋常的空間，沒有人發出任何聲音。

唯有裁判揮動旗子，宣布比賽結果。

所有人見到稀世美技發生在眼前，無一不大聲拍手喝采。雪之下在夾道的歡呼中，走回我們坐的地方。

由比濱激動地抱住她。

「太厲害了，小雪乃！妳剛才超級帥氣的！」

「放開，這樣很熱……」

雪之下嘴巴這麼抱怨，但沒有把她拉開的意思。看來連她那樣的人，都很難擺脫這一招。儘管這幅景象能讓人泛起會心的微笑，但一想到她前一分鐘做的事情，我完全笑不出來。

只靠轉身就把人摔出去……妳是兼一（註48）的師父嗎？

她真的完全沒讓對方摸到一根指頭便贏得勝利。

「妳真的很恐怖耶。」

雪之下惡作劇似地笑了笑。

「還好而已。以暖場節目而言，會不會有點過頭？」

「用這種方式整我不太好吧。」

正式上場前，我再次用力伸展筋骨。

「好，上吧……」

我只是自言自語，但旁邊兩個人不約而同地回應：

註48 出自漫畫《史上最強弟子兼一》，以武術為主題的少年漫畫。

「祝你好運！」

「加油。」

難道妳們是我的老媽不成？

× × ×

最後的大將戰終於到來，「S1 Grand Prix」這個名稱可笑至極的祭典即將畫下句點。

觀眾已經開始散場。

沒辦法，畢竟這一戰顯得很多餘，如同主要節目結束後的番外篇。大家看到葉山的英姿和夾在兩女間的窘態，以及雪之下的精湛表演，內心都已相當滿足。

因此，接下來的比賽，我將以自己的步調進行。既然都精心安排到這個地步，就讓我任性一次吧。

我走到比賽場地的正中央，柔道社的對手也準備出場。他到底是津久井還是藤野，我現在仍然分不清楚，反正這個問題不重要。我伸出手，示意他不要出來，相對的，我對坐在上座的人開口：

「學長，如何？」

學長沒想到我真的會叫他，連看了我兩眼。

我們已在前一場比賽打破規定，臨時更換參賽者，現在的比賽場上不再存有「規定」。

因此，阻擾他走下座位的唯有羞恥心。

理應不再屬於社團，而且身為現役的柔道選手，參加這種兒戲般的比賽根本是一種羞恥。

然而，當局勢反過來時，他不得不選擇參加。

在決賽的舞台上，當著熱情觀眾的面被點名，自己卻沒有出場的勇氣，這也是一種羞恥。

唯有本人曉得哪一種羞恥比較強烈。

可是，我相信學長一定想避免後者的羞恥。

觀眾靜靜等待，不敢喘一口大氣。

學長終於緩緩起身，取來柔道服換上。

「喔喔～」這個舉動讓觀眾充滿期待。

擔任裁判的城山面無表情地說：

「……學長很強喔。」

「是啊，這樣比賽才精采。」

我在回答的同時，順便檢查衣領、袖口和腰帶。城山聽到我的話，露出疑惑的表情。

別因為城山的外表而看輕他，他的腦筋其實不差。正因為如此，他才會思考這句話的意思。事實上，城山可是自己先摸索一番，尋求各種可能性，才來向侍奉社諮詢，可見他懂得思考，也有能力做出適當的判斷。

因此，我可以期待他的這一點。

不僅如此，因為他僅止於「腦筋不差」，即使可以讀出話中之話，也讀不出更深層的意涵。

總之，我先下一步暗棋。這算是一種保險，能不用當然最好。

學長熟練地換上柔道服，走進比賽場地，揮手趕開一年級社員，來到跟我面對面的位置。

他看著我的雙眼裡，燃燒著憤怒和恥辱的熊熊火焰。

不過，要比眼力的話，我才不會輸給他。不論是多麼閃閃發亮的東西，在我的眼裡都會黯淡下來。

多虧如此，我得以看清這位學長。

「雙方行禮……開始！」

城山用低沉的聲音喊口令。

開頭階段，我跟學長互相試探距離，先前進一步，再退回原處，不斷重複這個過程。

我們不會猛然撲向對方。柔道講求的是「受身」，上體育課時，我也一個勁兒地練習不需搭檔協助的受身動作。

日日受身。

我將受身練至爐火純青的境界，連生活都變得超級被動。

我很清楚自己就算全力以赴，也不可能贏過學長。我才不會自以為多了不起，所以，我盡可能跟他保持距離，隨時尋找下手的時機。

不過，內行人終究能輕鬆看透外行人的伎倆。學長明白我不會輕舉妄動，大剌剌地踏出一步，破壞兩人之間的平衡。

當我意識到時，他已經抓住我，從外往內掃向我的軸心腳。

在一陣自由落體的失重感後，我的身體著地，背後感受到一陣衝擊。

「痛死了……」

我不禁發出呻吟。

剛才他的速度是怎麼回事？我根本來不及做受身動作……

學長認為自己已經獲勝，回到起始線上。

觀眾都頗感無趣地嘆息，紛紛起身準備離去。

——要下手就必須趁現在。

「哎呀~受不了，地上的汗還真滑~」

我厚著臉皮說出這種話。

學長、觀眾、雪之下、由比濱——所有人都用「這傢伙在鬼扯什麼」的表情看過來。坦白說，連我自己都想這麼問。大家不可能相信這麼明顯的藉口。

沒有關係，我不介意，只要有一個人接受即可。

城山沒有舉起旗子，也沒有吭聲。

於是，我故意問他：

「我確定一下，滑倒不算數對不對？」

城山只是凝視著我，點頭回答：

「雙方回到起始線。」

為什麼會如此？因為這是「表演」。

觀眾一片譁然，學長也火冒三丈，厲聲質問城山：

「喂！那怎麼看都是我贏吧！什麼滑倒，別開玩笑……」

但是，他自己也看著腳邊。

地上還有材木座被拖走時留下的痕跡。先前每一場比賽結束，柔道社一定會上去清理乾淨，想不到剛才因為葉山的突發狀況，換雪之下代替上場，一陣混亂之下便發生疏忽。

「可是，那很明顯是一勝吧！」

學長仍然不死心。然而，判決不容推翻——不，應該說城山自己也難以決定是否要重新判決。

連我這種對體育一知半解的人，都知道裁判幾乎不會承認誤判。從學生之間的比賽、職業選手的比賽，乃至於國際大型賽事皆然。

而且，規章裡還有一個殺手鐧。

「學長，不服判決會被判犯規，輸掉比賽喔。」

「啥？」

學長把視線移過來，他此刻的雙眼有如凶暴的野獸。老實說，真的很恐怖。我聳聳肩，掩飾幾乎要顫抖的聲音。

「社會不就是這樣？真殘酷啊。」

學長簡直快要氣炸了。他很清楚這是自己最常說的話。此刻不消他開口威嚇，我也明顯感受到，他下次一定會把我折磨到粉身碎骨。

「雙方回到起始線。」

城山再次宣布，學長才不甘願地回到原本的位置。他跟我面對面時，用充血發紅的雙眼狠狠瞪過來。

不妙，情況非常不妙。

剛才那名為「表演」的小伎倆是僅限一次的保險手段，第二次不可能得逞。不但學長和觀眾不會接受，城山也不願意再為我護航。城山現在面色如土，可見內心承受相當大的壓力。

「開始。」

他這次下達的口令聲不如之前有力。

觀眾的聲音也逐漸減弱。有些人看不下去，準備離場。我的喘息和學長的咆哮變得更明顯。

因此，我接下來說的話，學長一定會清楚聽到。

「真是不可思議。」

學長似乎沒有在比賽中被對手搭話的經驗，臉上浮現驚訝之情。觀眾同樣注意到我開口，紛紛把注意力移回來。

「學長，你明明是靠體育保送入學，卻有時間經常回來。」

他聽到這句話，頓時停下腳步。

「……吵死了，不要說些有的沒的。」

他用力抓住我的衣領。

然而，他的眼神沒有集中在我身上。

他看向我身後，再環顧左右，觀察所有觀眾。

觀眾們議論紛紛，或許是為比賽突然陷入膠著感到訝異，也或許是好奇我們在說什麼。

不過，從學長的角度看來，他八成會認為大家是因為我說的話而起騷動。

所以，我盡可能冷靜觀察、配合他的反應，繼續說下去。

「大學社團是玩真的，跟高中社團完全不同。能夠像這樣遊玩，只到高中時代為止。」

「住口！」

學長激動地踏近一步，打算盡快分出這場勝負，好堵住我的嘴巴。

我跟著後退一步，維持固定距離。

接著，我對他稍微露出微笑說：

「這個社會的確很殘酷。」

究竟有多少人聽到這句話？

雖然觀眾已經較比賽開始時減少許多，現在的人數仍非常足夠。

真要說的話，我不在乎是否真的有人在聽，只要能讓學長產生「大家在聽我們對話」的疑慮就夠了。

「學長，你說的對極了，所以你才回來這裡對不對？」

「……」

學長被自己的話反將一軍，再也開不了口。

這樣一來，我便達成自己的目的——在大家面前痛斥學長，踐踏他身為學長的品格與尊嚴，讓他以為所有人都聽到這段話。

至於其他人是否真有聽到，則為另一回事。

我要做的，是讓學長思考自己有沒有臉面對大家。

這場比賽的勝負，早就不是重點。

老實說，從先前開始，學長的視線便不斷游移。他很在意周遭的人如何看待自己。

學長的精神很明顯地委靡不振。我最初對他說話時，便直覺感受到這個跡象。

一個人美化過去，代表他的內心開始脆弱。

一個人只會談當年的武勇，代表他的內心逐漸老化。

一個人把別人踩在腳下藉以獲得安心，代表他已不復當年。

學長恐怕是在大學嘗到挫折，失去自信和尊嚴，才會逃回這裡。

他本來或許沒有這個打算，只是在心血來潮時回來看看，結果意外發現這種感覺很不錯，從此變成固定來報到。

可是，這不構成他可以出現在這裡的理由。以學弟的立場而言，空降來的人只會干擾社團運作。

這個社會可沒有空閒分神照顧夾著尾巴逃回來的傢伙。

因此，必須予以驅趕、放逐，使他永遠不再回來。

是啊，學長說的對極了——這是一個殘酷的社會。

學長緊咬嘴唇，抓著我袖子的手臂早已失去力道。

我想，他之後不會再出現了。

一旦逃跑過一次，只能永遠逃跑下去。

不過，為了萬全起見，最好還是在這個場上打敗他。

我必須當著觀眾的面，讓他嘗到輸給外行人的最大恥辱，徹底粉碎他的自尊。

於是，我使出最後一擊。

「你不是回來這裡，而是『逃回』這裡。」

這一招似乎順利奏效，學長的表情宛如突然被甩一巴掌。

要攻擊的話，就趁現在！

我拉拉學長的袖子做為引誘，他輕易上鉤，重新在雙手施加力道，看來我的挑釁順利成功。

來了！不要反抗，留意起點、支點和作用點。

我上過柔道課，再加上有被摔過一次的經驗，已經掌握對方的攻擊模式。看來「被摔也是一種練習」這句話未必錯誤。

拙劣的技術可以靠力量彌補。

把對手引誘至可以摔出去的位置，即可取得勝利。力量的用處即在於此。接下來是不要反抗，將一切交給地心引力、慣性定律與戰鬥本能。

我準備朝學長施以過肩摔，背後忽然傳來冷靜的說話聲。

「吵死了，這種事情我全都知道！」

下一刻，我整個人落到地上。

裁判迅速舉起旗子。

「一勝！比賽結束！」

柔道場內揚起頌揚冠軍的熱烈掌聲。

這是我聽過城山最清澈、最悅耳的聲音。

相較之下，敗者的聲音既模糊又滿是不堪。

「痛死了……」

× × ×

狂熱過後的幾天，我為近在眼前的暑假雀躍不已。

多虧如此，我得以哼著歌來到一點都不想來的侍奉社。

距離暑假已經進入倒數計時的階段，「每天都是 **everyday**」（註49）的悠閒日子正等著我。

社辦內如同往常，雪之下坐在窗邊閱讀，由比濱像狗一樣趴在桌上玩手機。這樣的光景將暫時畫上休止符。

「嗨。」

我簡單打招呼，坐到距離雪之下最遠的對角線座位。

雪之下從書中抬頭。

「哎呀，你的腰好了嗎？」

「還沒，所以最近上體育課時，可以在旁邊休息。」

註49 日本網路用語，意指每天都是快樂的一天。

接著，換由比濱抬起頭說：

「你是上柔道課沒錯吧？但你遵守了約定，不是很了不起嗎？」

「才沒有什麼了不起，不過是因禍得福。」

那天柔道比賽的最後，我吃了一記學長的背後摔而輸掉比賽，還得撫著痛得要命的腰，跟他約定一件事情——絕對不再跟柔道社有所牽扯。

學長對我的態度嚴重不滿，說什麼我會帶給社員負面影響、褻瀆柔道之類的，總之就是抱怨了一大堆。

因此，我的奧運柔道金牌美夢徹底破滅。太好了太好了，反正我完全沒興趣。

更何況，我的腰痛成這樣，根本不用想什麼奧運比賽。那幾天真的快痛死人，每天夜裡都要呻吟老半天。

雖然現在還是有點痛，但我上體育課時，因此能坐在一旁觀摩，以結果來說，可以算是好壞相抵。

可是，壞的部分好像明顯高出很多……原來我的算數這麼差？

「這樣的結果已經很好了，你要好好感謝城山同學。」

「沒錯沒錯，那個學長的眼神超凶，好像很想把你殺掉。」

經她們一提，我也回想起來。

「對喔，城山……」

柔道比賽結束後，我沒有再跟他說過話。

被學長要求遵守莫名其妙的約定固然是原因之一，但這也算是我們對彼此的顧慮。連平常根本不會顧慮別人的我都這麼做，可見事情真的非同小可——好吧，我承認自己的確為難了城山。既然如此，我不應該再跟他有所牽扯，以免造成對方更大的困擾。這是我能做到的最大溫柔。

「那麼，之後柔道社的情況如何？」

既然被要求從此別再跟他們有所牽扯，我當然不可能瞭解現況。

「嗯……沒有新人參加，但有幾個退社的人重新加入。」

由比濱在校內人脈很廣，她傳簡訊向別人詢問一下，果然打聽到不少消息。

「喔……」

想想也有道理。如果舉辦那種表演比賽即可招募到新社員，全天下的社團都不用大傷腦筋。而且，在比賽場上活躍的是葉山、材木座和雪之下，大家很難對柔道社產生憧憬。

「儘管不到全員歸隊的程度，但那個學長不來之後，的確讓部分退社的人回歸。」

雪之下邊翻閱文庫本邊補充。

「啊，對了，你們不覺得很奇怪嗎？既然柔道社贏得最後勝利，不是會覺得『耶～我最強』，然後更喜歡來社團才是嗎？」

「得了吧，妳想太多。」

由比濱的肢體動作誇張得像個大傻瓜，害我有點笑出來。雪之下聞言，將書籤夾入頁內，「啪」一聲闔上書本。

「雖然不太可能……你該不是為了這樣，才故意輸的吧？」

「不，我可是很認真地想要贏。」

當時有一瞬間，我真的以為自己會贏。

「……真、真難看。」

由比濱小姐，妳說得太直白囉。

「是嗎……我只覺得那純粹是在挑釁對方，才一直以為你會讓對方贏，自己則有其他打算。」

看來雪之下屬於容易想太多、聰明反被聰明誤的類型。不過，我也不是不能體會。

「不管是贏是輸，最後總會有好結果。只不過，我贏學長的話，更能確保他以後不會再出現。」

「什麼意思？」

由比濱皺起眉頭思考。其實，這不是什麼難懂的道理。

「沒什麼。我只是說，如果能清楚告訴他『想來這裡？門都沒有』是再好不過。」

由比濱聽了，眉頭皺得更深。看來她依然不明白。

雪之下則是淡淡一笑。

「……是啊。」

她露出瞭然於心的模樣，打開書本繼續閱讀。由比濱禁不住好奇，搖晃她的身體追問：

「咦，什麼意思？到底是什麼意思？」

雪之下被由比濱晃來晃去，顯得極不耐煩，但她已經打定主意，說什麼也不放下書本。那兩人恐怕還會耗上好一陣子。

我也從書包拿出自己的書，翻開夾著書籤的一頁。

但我盯著書本好一會兒，發現自己根本沒有看進去，索性放棄地闔起書本。

在那位學長心中，總武高中是他渴望的「歸處」。這裡讓他感到懷念、快樂、自在，因而在不知不覺間，這裡成為他固定逃避的好地方。

可是，他為自己「逃避」的事實所逼，這股壓力又使他逃到更深處，形成逃避現實的無限循環。

這如同看著鏡中的自己。只要心裡沒有「世人正看著自己」、「上天正看著自己」的念頭，他根本無法注意到這項事實。

到頭來，自己給自己的壓力，終究只有自己能解決。

那位學長會選擇持續逃避，還是重新振作？

不論是哪一種都無妨。

比賽的那一天，學長最後說的那句話仍在我的耳畔迴盪。

我望向窗外，看見積雨雲自遙遠的地平線緩緩升起。運動社團的吆喝聲、銅管樂器的吹奏聲，以及社辦內兩個女生的吵鬧聲，聲聲入耳。

我忽然想到……

總有一天，自己是否也能遇見「渴望的歸處」？

S.S. 4

Short Story ④

即使如此，比企谷八幡的正面思考仍舊扭曲

涼風——更正，寒風吹拂的時節翩然降臨。

「千葉通煩惱諮詢信箱……」

我孱弱的聲音宛如絲絲秋風，由比濱則是用力拍手，但在雪之下愕然的注視下越來越沒力。

她振作起精神，打開收信匣念出第一封信。

「嗯，今天的第一封信，是來自千葉市內，筆名『劍豪將軍』的朋友。」

〈筆名「劍豪將軍」的煩惱〉

『業界最大出版社的截稿日快到了，快傳授必勝方法！』

這個傢伙未免寄太多信……和老是在推特上跟機器人帳號聊天的人一樣恐怖。

「這是什麼？」

由比濱疑惑地歪著頭，雪之下嘆一口氣，直接點名。

「比企谷同學。」

「不用妳說我也知道。」

哎呀～到了這種地步，我開始能體會照顧臥病在床的爺爺是什麼心情。無妨，我就奉陪到最後。這早已超越溫柔，達到了悟的境界。

〈侍奉社的答覆〉

『不必執著於業界最大的出版社，也試試看GAGAGA文庫如何？不用害怕，那是小學館的書系喔！另外，聽說GAGAGA文庫的作家不能跟聲優結婚。』

「好，解決。由比濱同學，請繼續。」

雪之下明明什麼都沒做，卻露出鬆一口氣的表情。由比濱很自然地開始念下一封信。

「嗯……接下來的這封信，是來自千葉市內，筆名為『哥哥的妹妹』。」

〈筆名「哥哥的妹妹」的煩惱〉

『最近天氣漸漸變冷，家裡的貓常常鑽進被窩搶位置，還一定要睡在小町手臂上。連哥哥都沒有這樣做過（這句話是幫小町加分用的）！這樣讓小町不能翻身，耳邊一直傳來呼呼聲，也有點害小町睡不著覺。請問有什麼好方法可以解決？』

由比濱念完信，跟雪之下一起用略帶暖意的眼神看過來。

「她是這麼說的，哥哥。」

「人家這麼說喔，哥哥。」

「閉嘴，不准叫我哥哥！」

全世界只有小町可以叫我「哥哥」。妳們再這樣叫下去，我要去開一間 Chanko Dining（註50）囉！

「對了，那隻貓……真的會跟人一起睡？還、還躺在手臂上？」

雪之下有意無意地抬眼問我，一副難為情的模樣。雖然那個樣子很討人喜歡，可惜她的雙手不斷握拳顫抖，使可愛度頓時歸零。

「不，牠跟我睡的時候，會毫不猶豫地趴在我的肚子上。」

「那是小雪看不起你啦～牠一定把你看得比自己還不如。」由比濱嘲笑道。

「不准把牠跟妳家的狗相提並論。」

「貓基本上是離群索居的動物，即使構成群體也不會有尊卑之分。那種情況比較接近親子關係。牠可能將小町當成母貓，才會躺在她的手臂上以示親暱。」

雪之下突然打開開關，滔滔不絕地分析起來。我跟由比濱下意識地後退半步。

「雪基百科果然什麼都知道……」

「可不可以請你別再那樣稱呼我？」

她不悅地瞪我一眼，大概不認為自己真的像百科全書一樣，什麼知識都知道。

既然她不滿意，我最好不要再這樣稱呼。

「抱歉啦，貓咪百科。」

註50 指連鎖餐廳「Chanko Dining 若」，品牌創立者花田虎上有「哥哥」這個暱稱。

「知道就好。」

「貓咪百科就可以嗎？」

雪之下不理會驚訝的由比濱，滿意地點頭。

多虧她現場補充一大堆知識，讓我大致瞭解貓咪的習性。

「……所以，小雪是感受到我滿滿的家庭主夫氣息，才趴上來表示親暱？」

我果然註定要當家庭主夫，這點連貓都認同，希望將來可以過著跟貓一樣的生活。

聽我這麼說，雪之下卻泛起冰冷的笑意，破壞我偉大的志向。

「不過，貓咪趴到身上的話，比較接近母貓抱小貓的感覺。」

「那不是等於被當成小貓？」

「呵呵……那就是我全身散發渴望被包養的氣息，連貓都忍不住。」

連貓都想來包養我，我真是太厲害了！

「你的思考太正向了吧！」

「那已經不是正向思考，根本是狂躁症……不過，我們或許真的該學習那種思考方式。」

雪之下說完，開始回覆信件。

〈侍奉社的答覆〉

『妳已經能跟貓一起睡覺，這種小事請稍微忍耐。』

算我拜託，妳快去養一隻貓好不好？

zzz

後記

大家好，我是渡航。

現在是快快樂樂的暑假期間，我的暑假又在何方？

說到暑假，是可以製造許多美好回憶的時光。長大成人後，重新回顧自己的暑假，會發現深刻的記憶不僅限於難忘的活動，有時候微不足道的日常光景亦能久久不忘。

我想，這是因為人們將日常貼上「日常」的標籤，才覺得如此而已。對實際生活在日常的本人來說，總是能看見更加壯觀的風景。

男女愛情、人際關係、美味的食物……從旁人的眼光看來，這些或許只是不值一提的小事，在人生道路上顯得理所當然，不過對當事者而言，這些小事常常成為改變未來人生的重大事件。

我就是用這樣的感覺寫下這本短篇集。

如果以日常和非日常論，我最近過著「非日常」變得再日常不過的生活——咦，這是什麼輕小說的主角嗎？雖然我沒有遇到哪個傢伙。

以下是謝詞。

ponkan⑧神，咦？為什麼不管我怎麼看，三浦都像女主角？這次終於輪到期待已久的三浦登上封面，結果可愛到我自己都嚇一跳。這次也一樣好得沒話說！辛苦您了，非常謝謝您。

責編星野大人，在本書的編輯工作外，還承蒙您大力支援跨媒體平台的相關企劃。不過，地獄的行軍仍將持續下去，地獄的遊行也將繼續前進，所以辛苦您了，非常謝謝您。

以動畫製作人員、配音員為首，所有跨媒體平台的相關夥伴，託各位的福，動畫才得以順利播放完畢。雖然我造成各位極大的麻煩，最後還是多虧各位才得到好的結果。真的非常感謝你們。

最後是各位讀者。謝謝你們大力支持這部橫跨小說、動畫等多種媒體的作品。能將大家的聲援化為實體結果，我真的非常高興。接下來我仍會一點一點地繼續努力，若各位不吝給予支持，將是我莫大的榮幸。

篇幅用得差不多了。那麼，這次請容我在此放下筆桿。

我們第八集再見！

七月某日，於千葉縣某處，準備在深夜外出添購ＭＡＸ咖啡　渡航

國家圖書館出版品預行編目資料

果然我的青春戀愛喜劇搞錯了。7.5/ 渡航 著；涂祐庭譯
一1版.一臺北市：尖端出版，2014.04
面；公分.一(浮文字)
譯自：やはり俺の青春ラブコメはまちがっている。7.5
ISBN 978-957-10-5548-0(平裝)

861.57　　103003160

浮文字
果然我的青春戀愛喜劇搞錯了。7.5
（原名：やはり俺の青春ラブコメはまちがっている。7.5）

著者／渡航　　封面插畫／ponkan ⑧
譯者／涂祐庭　　內文審校／施亞蒨
執行長／陳君平　　榮譽發行人／黃鎮隆
協理／洪琇菁　　國際版權／黃令歡、梁名儀
執行編輯／呂尚燁　　美術編輯／李政儀

出版／城邦文化事業股份有限公司 尖端出版
台北市中山區民生東路二段一四一號十樓
電話：（〇二）二五〇〇—七六〇〇
傳真：（〇二）二五〇〇—二六八三
E-mail：7novels@mail2.spp.com.tw

發行／英屬蓋曼群島商家庭傳媒股份有限公司城邦分公司 尖端出版
台北市中山區民生東路二段一四一號十樓
電話：（〇二）二五〇〇—七六〇〇（代表號）
傳真：（〇二）二五〇〇—一九七九

中彰投以北經銷／楨彥有限公司
（含宜花東）電話：（〇二）八九一九—三三六九
傳真：（〇二）八九一四—五五二四

雲嘉經銷／智豐圖書股份有限公司 嘉義公司
電話：（〇五）二三三—三八五二
傳真：（〇五）二三三—三八六三

南部經銷／智豐圖書股份有限公司 高雄公司
電話：（〇七）三七三—〇〇七九
傳真：（〇七）三七三—〇〇八七

一代匯集／香港九龍旺角塘尾道六十四號龍駒企業大廈十樓B&D室
電話：（八五二）二七八三—八一〇二
傳真：（八五二）二七八二—一五二九

馬新經銷／城邦（馬新）出版集團Cite (M) Sdn. Bhd.
E-mail：cite@cite.com.my

法律顧問／王子文律師　元禾法律事務所
台北市羅斯福路三段三十七號十五樓

二〇一四年四月一版一刷
二〇二三年三月一版十二刷

郵購注意事項：
1. 填妥劃撥單資料：帳號：50003021戶名：英屬蓋曼群島商家庭傳媒(股)公司城邦分公司。2. 通信欄內註明訂購書名與冊數。3. 劃撥金額低於500元，請加附掛號郵資50元。如劃撥日起 10～14日，仍未收到書時，請洽劃撥組。劃撥專線TEL：(03) 312-4212 ・ FAX：(03) 322-4621。E-mail：marketing@spp.com.tw